세상을 바꾸는 희망의 불꽃

여자
아내
엄마

초판 1쇄 인쇄 2015년 10월 30일
초판 1쇄 발행 2015년 11월 5일

지은이 이인선
펴낸이 박경미
펴낸곳 도서출판 황금물고기

책임편집 박경미
총괄이사 이광우
영업관리 박연

등록일자 2003년 12월 5일
등록번호 제2013-000213호
주소 서울시 마포구 모래내로 83(성산동 한올빌딩 6층)
전화 02-326-3336
팩스 02-325-3339
이메일 okpk@hanmail.net

ISBN 978-89-94154-36-7 03810

세상을 바꾸는 희망의 불꽃

황금물고기

작가의 말

아휴, 여자라는 이름은 참 많은 서운함을 겪게 했습니다. 속은 상했지만 원망만 하지는 않았습니다. 이긴다는 마음보다는 여자도 다르지 않다는 것을 조금이라도 보여주고, 변화의 걸음 한 발자국이 되고 싶었습니다. 아내가 되니 더 힘든 일도 있더군요. 그래도 운이 좋았는지 여자의 길을 계속 걸어올 수 있었습니다. 별로 애교스럽지는 않은 스타일입니다. 그래도 고집이 아니라 의지를 보이니 지켜봐 주더군요. 엄마요? 두려웠지만 포기하기 싫었습니다. 아니, 꼭 엄마가 되고 싶었습니다. 엄마가 되니 세상 두려울 것도 없고 행복이 뭔지 제대로 알겠더군요. 그런데 눈물을 찔끔거리도록 힘들고 마음 아픈 날들이 많았습니다. 세상에서 가장 미안한 마음이 무엇인지를 알게 되니 비로소 우리 엄마 마음도 알겠더군요. 엄마에게 부끄러운 엄마가 되지 말아야지 생각하며 눈물이 나면 눈물을 흘리고 화가 나면 화를 내면서도 열심히만 살았습니다. 아직 끝나지는 않았지만 진작부터 어깨는 훨씬 가벼워졌습니다. 아이들이 탈없이 커준 덕분입니다. 다시 여자, 아내, 엄마로 살아갈 딸에게 엄마의 목소리를 글로나마 전하고 싶었습니다. 미안한 아들에게 슬그머니 변명하고 퉁쳐보려는 속셈도 있었고요. 남편이요? 에이, 아직 살아갈 날이 많은데 나중에, 그때까지 하는 거 봐서요. 나이가 들어갈수록 여자의 힘이 세진다고 하니 아무래도 제가 유리하겠지요. 그래도 가족 모두에게 아주 많이 고맙다는 말은 지금 합니다. '모두 억수로 고맙데이'

학교가 전부인 줄 알고 살았습니다. 실험실의 연구가 미래인 줄만 알았습니다. 우연히 정부의 부름을 받아 외도라고 생각하고 나섰습니다. 학교와 연구실에서 배우지 못하는 많은 것을 배웠습니다. 특히 나라와 정책이 조금만 바뀌면 세상은, 특히 여자와 아내와 엄마는 많은 것이 바뀔 수 있다는 것을 깨우쳤습니다. 여성 최초 정무, 경제부지사라는 영예로운 타이틀로 4년을 일하고 떠나기에 앞서 느끼고 생각하는 바를 남기고 싶어 틈틈이 썼습니다. 그동안 신세진 많은 분들에게 진심으로 고개 숙여 감사드립니다. 일일이 이름을 밝히고 싶었지만 누累가 될 것도 같고, 책 쪽수가 배로 늘어나야 하기에 아우른 것이니 서운하게 생각지 말아주십시오. 특히 경상북도 지사님…….

부족한 글 솜씨에 질책과 수고를 아끼지 않은 도서출판 황금물고기 편집진에 고마운 마음을 전합니다.

모두에게 GOOD LUCK!

별이 총총한 집 창가에서 이인선

차 례

BLUE 모두가 내 자식, 청년의 꿈 파랑

PRIDE 잘난 청춘, 최고로 앞서 가라

LIFE 100세 시대, 축복이 되어야 한다

WILL 우리의 의지, GREAT KOREA

PEACE 평화주의로 만드는 외교중심국가

HAPPINESS 행복해야 성공한다

FREEDOM 자유, 그 위대한 힘

RED
여자의 빛깔, 불꽃의 빨강

여성의 사회적 활동이 활발하고 예전보다는 수월해진 것도 사실이다. 그러나 아직은 불공정한 남녀의 차별에 자신의 색깔을 발하지 못 하는 이들이 부지기수고 그 부지기수의 일부는 가슴에 화로를 껴안고 한스러워 못 살겠다고 아우성이거나 또는 너무나 대조적으로 소리 없이 시들어 간다.

나, 여자

"그만큼 했으면 됐다. 여자가 박사는 돼서 뭐 할라꼬? 여자는 너무 많이 배워도 시집 몬 간다."

딸들도 다 대학공부 시켰던 아버지가 박사공부를 하겠다니 손사래를 치며 하시던 말씀이다. 그래도 진정 원망의 마음은 없었다. 그저 내 욕심이 미안할 따름이었다.

"남편 직업이 뭡니까? 남편이 유학은 허락한 건가요?"

일본 '일한재단(우리에게는 한일재단이 있다)'이 지원하는 산업기술협력프로그램의 일환으로 1년 단기 일본 유학을 신청했을 때 우리나라 심사위원들이 내게 던진 질문이다.

"아이가 둘이던데 데리고 갈 겁니까?"

"아이와 함께 가면 양육은 어떻게 할 겁니까?"

여자
아내
엄마

"일본이 10년 동안 해도 못 한 연구인데 아이까지 데려가서 1년 만에 뭘 할 수 있겠어요?"

연구계획에 대한 질문은 없었고 '여자'로서에 대한 질문만 이어졌다.

"왜 연구와 상관없는 질문만 하시는 겁니까?"

볼멘소리도 해봤지만 소용이 없었다. 그렇지만 나는 이듬해 기어이 일본 유학의 기회를 얻을 수 있었다.

새삼스레 여성차별의 부당함을 토로하고 맺힌 한이라도 풀어 보겠다는 의도는 아니다. 어쨌거나 나는 하고 싶은 공부도 하고 유학도 다녀왔고 이제껏 잘 헤쳐 왔으니 억울한 것은 없다. 오히려 기회와 배려에 감사할 따름이다. 다만 이 땅에서 여성이 자신의 목소리를 내며 주체적인 삶을 영위하기엔 여전히 수많은 걸림돌과 불편함이 산재해 있는 것이 현실임을 부인할 수는 없다.

여성의 사회적 활동이 활발하고 예전보다는 수월해진 것도 사실이다. 그러나 아직은 불공정한 남녀의 차별에 자신의 색깔을 발하지 못 하는 이들이 부지기수고, 그 부지기수의 일부는 가슴에 화로를 껴안고 한스러워 못 살겠다고 아우성이거나 또는 너무나 대조적으로 소리 없이 시들어 간다.

무릇 세상만사가 그러하듯 한恨 역시 양방의 에너지가 있어 사용하기에 따라 양으로도 음으로도 길을 잡을 수 있다. 한스러운 상황을 탓하는 것만으로는 문제를 타파할 수 없다. 성性의 한계가 훨씬 더 엄혹하던 그 시절에도 주눅 들거나 굴하지 않고 그 벽을 뛰어넘어 역사에 우뚝 선 여성들은 있었다. 신사임당, 최초의 여성 의사이자 과학자인 김점동, 비행사 권기옥, 여기자 김일엽 등 숱한 발자취가 남아있다. 비단 유가儒家나 성리학이 지배한 동양에서만 차별이 있었던 것도 아니다. 기독교를 기반으로 한 서양 역시 여성 차별에서는 동양과 크게 다를 바 없었지만 잔 다르크, 나이팅게일, 마리 퀴리 등 인류 역사에 위대한 발자취를 남긴 여성들이 있었다.

이제는 정치 분야에서도 남녀평등에 앞선 서양에서 고 마가렛 대처 영국 총리, 타르야 할로넨 전 핀란드 대통령, 줄리아 길러드 전 호주 총리, 앙겔라 메르켈 독일 총리 등 여성의 활약이 확대되고 있다. 박근혜 대통령 역시 가정에서의 남녀평등이 첫 번째 기반이 되었을 것이다. 보다 중요한 것은 '남성다운' '여성다운'이 아닌 '저마다 사람다운'일 것이다.

이제 조금 너그러운 마음자세로 차별과 대면할 필요가 있다. 부당함이 크기는 했지만, 특히 현대에 들어와 남성들이 가정과 사회발전에 기여한 바는 긍정해야 한다. 서양과 중국같이 여성권리면에서 우리보다 우위에 서 있다고 여기는 나라에 대한 선망은 다시 생각해봐야 할 부분도 있다.

서양의 남녀평등은 여성에게 다양한 일자리를 제공하기는 했으나 그 여성들 중 다수는 전업주부를 선망한다. 이것은 여성의 경제활동 만족지수가 크지 않음을 반증한다. 즉, 언론이나 영상 등으로 주목받는 일부 여성의 빛에 가려진 지친 여성의 삶이 다수다. 중국 역시 신중국 건국 이후 여성에게 평등이라는 축복을 내려준 듯했으나 실상은 여성의 노동력 동원을 위한 정책이었으며, 과잉고용 유지에 따른 저임금은 눈부신 경제성장에도 불구하고 대다수 급여생활자의 삶의 질을 끌어올리지 못 하였다.

사람으로 태어나 '여성'으로 나눠졌지만, '여성' 또한 '남성'과 다르지 않은 당당한 인격체로서 '나, 여자'로 살 수 있는 권리는 천부적이며 어떤 차별도 불가하다. 다만 '나, 여자'로의 삶은 각자의 개성과 선택에 따라 수없이 다양하고, 그 어느 것도 우열을 가를 수 없다는 사실 또한 전제되어야 한다. 한 여자가 무엇으로 조명 받는다고 그것이 여자로서의 최선의 길이며, 그 길에 장애가 되는 것은 모두 차별이라는 발상은 또 다른 차별이고 독선이며 왜곡이다.

여성에게 여성의 특성에 따른 특별한 능력이 있다면 남성 또한 다르지 않다는 사실 역시 인정해야 한다. 직장이건 개별적 일이건 성별의 특성에 따른 구분이 있다면 그것은 차별이 아니라 나눔일 것이니, 무작정 비난하고 불평할 일이 아니라 제 자리에서 각각의 특성을 더욱 개발해 함께 상생하려는 기본적 인식이 우선되어야 할 일이다. '실력'이라는 말이 조심스럽기는 하지만 여성의 특성은 여성만의, 여성으로서의 실력을 위한 특별한 발판일 것이다.

물론 공통의 일자리나 특별한 지위의 자리에서는 차별과 남성 독점이 여전히 심각하다. 철폐와 평등의 목소리를 모아야 할 곳이다. 특히 특별한 지위에 대한 남성독점은 왜곡되고 부실한 정책과 잘못된 집행을 유발해 사회와 국가발전을 저해하고 그 미래를 어둡게 하기에 더욱 그렇다.

나, 아내

아내, 여자에 뒤이은 내 두 번째 이름이며, 나의 선택이다.

설레는 사랑은 기억이 아득하다. 그러나 사랑의 마음이 없었다면 너무 허전해 아무것도 할 수 없었을 것은 분명하다. 내가 가장 사랑하는 것은 아마 나 자신일 것이다. 빛깔은 달라도 그만큼 내 아이들도 사랑한다. 그리고 또 다른 빛깔의 사랑이 하나 더 있다.

갑자기 낯이 간질거리고 내가 거짓말을 하고 있는 건 아닌가 하는 생각마저 든다. 그래, 사랑이라는 말은 여전히 자신 없다. 그렇지만 한 남자의 아내가 되는 것은 뒤집어 말하면 내 남자를 얻는 것이기도 했다. 나는 새처럼 날개가 달려 있어 세상을 훨훨 날고 싶었다. 그러나 안타깝게도 내게는 '나'라는 하나의 날개뿐이었다. 그런데 어느 날 문득 눈길을 아래로 내리니 내가 세상 위를 날고 있는 것이 아닌가. 비로소 알았다. 내가 얻은 남자가 내 다른 한쪽의 날개가 되어 있었다는 것을.

만혼晩婚을 넘어 독신을 선택하는 사람들이 늘어난다. 이유를 들어보면 꼭 하고 싶은 일이 있는데 결혼이 장애물이 될까봐서라는 '장인匠人' 의지를 내세우는 사람이 있다. 좀 특별한 경우라 할 수 있다. 혼자 사는 게 편한데 뭐하게 결혼이라는 굴레에 들어가 스스로를 옭아매느냐는 '편의론'을 드는 사람들도 있다. 안정적인 직장이나 직업으로 경제적 독립이 가능한 사람들이다. 그 밖에도 여러 가지 이유를 대기는 하지만 마음에 드는 짝을 찾지 못했거나 이런저런 형편으로 선뜻 결혼을 결정하지 못하는 경우인데, 다수라는 것이 더욱 안타깝다.

다수에 해당하는 사람들이 결혼의 필요조건으로, 그래서 미루고 있는 이유로 드는 세 가지가 있다. (함께할 수 있는)공간, (최소한의 경제력)안정, (쉽게 잘리지 않을 수 있는 직장, 즉 정규직)미래. 맞다. 그 세 가지가 갖춰지지 않으면 불안하니 당연히 망설일 수밖에 없다. '반지하 단칸방 월세'로 시작하는 신혼살림은 그때 그 시절의 머나먼 전설일 뿐이고, 당장 부모들조차 펄쩍 뛰며 반대한다. 세상이 바뀌었는데, 그 서글픈 과거의 반복을 보지 않으려고 그토록 뼈 빠지게 일했으니 당연한 노릇이기도 하다. 결국 사회와 국가가 나서야 할 일이 되었다.

'함께'는 '한 공간'을 전제조건으로 한다. 그런데 지금 우리의 실정은 양가 부모의 제 살 베어내는 배려로 시작의 공간은 마련한다 해도 그 이상은 힘겨운 욕심이다. 살아가며 월세를 전세로, 임대에서 자가自家로, 소형에서 중형으로 옮기는 것은 꿈꾸기조차 벅차다. 이 허망한 현실의 진원지는 '땅'이다.

'땅은 정직하다'는 말이 있다. 틀리지 않은 말이다. 땅은 정직하게 언젠가는 그 가치를 높여 부를 선사한다. 그렇지만 그 정직이라는 단어가 부끄럽게 땅의 횡포가 점점 더해지고 있다. 땅 소유자들의 부의 증가가 갖지 못한 자를 더욱 땅에서 멀어지게 하기 때문이다. 이쯤에서 과감한 제안을 해본다. 그렇다고 가진 자의 것을 빼앗자는 것은 아니니 가진 분들은 두려워 마시길.

국가와 지자체는 보유한 땅을 개발해 민간에 분양하고 그 수익으로 재정의 일부분을 채운다. 그런데 분양이 아닌 임대면 어찌 될까. 한번쯤 재건축해도 괜찮을, 즉 100년쯤의 장기 임대라면 최소한 죽은 다음 자식 한 세대에게는 물려줄 수 있을 테니 소유라 해도 무방하지 않겠는가. 물론 할부도 가능하고, 임대기간이 끝나면 물가사정을 고려해 임대료의 조정은 있겠지만 일정한 기득권을 인정해주는 방법으로 말이다. 분양보다는 토지대금이 훨씬 낮아질 테니 문턱 하나는 낮출 수 있다. 더불어 땅이 영원한 소유라는 인식이 낮아지면 땅 투기욕망의 열기도 내릴 것이다.

기업 활동의 위축 같은 우려는 가장 대표적으로 50년, 70년 임대제도를 시행하는 중국의 예를 보면 기우임을 알 수 있다. 당장 정부나 지자체 재정의 차질은 '100년 임대 토지 아파트'의 분양활성화가 가져오는 세수증가와 세원 재편으로 대처할 수 있을 것이다. 기존 땅 소유자와의 영원한 차이를 말할지도 모르겠다. 그렇지만 3대 가는 부자 별로 없다는데, 여러 사유로 경매에 내놓는 부동산의 토지 소유권은 국가나 지자체가, 건축물과 지상권 임대는 개인이 받는 방법이면 언젠가는 땅으로 인한 '넘을 수 없는' 불평등도 사라질 것이다.

최소한 두 몸 누일 공간이 없어 사랑을 지키지 못하는 청춘을 외면하지 않는 사회, 국가이기를 바란다. 그것만 해소되면 그래도 '안정' '미래'는 저마다 하기 나름의 노력으로 어지간히 극복할 수 있으니 사랑을 포기하는 독한 결단의 아픔은 말릴 수 있지 않겠는가. 그다음 '편의론'이나 '장인 의식'의 독신들은 알콩달콩 정겨운 인생들을 보노라면 마음이 바뀔 수도 있을 테고.

기어이 한 마디 더 보태겠다. 낯설고 귀찮게 여겨지는 경우도 있다. 원래 없었던 것이 탈이나 속을 썩이면 후회막급이라 생각할 때도 있다. 이쪽으로 날아야 하는데 저쪽으로 날자고 퍼덕거리면 아예 잘라버리고 싶을 수도 있다. 그렇지만 결국은 한 쪽 날개보다는 두 쪽 날갯짓이 훨씬 높게 멀리 날 수 있으니, 아름다운 비상을 꿈꾸는 인생이라면 한 쪽 날개를 포기하는 우를 범하지는 않을 것이다.

나, 엄마

엄마, 내 세 번째 이름이며 마지막 이름이다. 무엇보다 자랑스럽고 당당한 이름이다. 그렇지만 나를 엄마로 만들어준 아이들에게는 부끄럽고 미안한 이름이기도 하다.

이인선 씨, 출국준비 다 됐죠?"

"그럼요."

나는 뱃속에 든 아이를 감추느라 숨을 들이마시며 천연덕스럽게 대답했다. 결혼 4년 만에 들어선 첫 아이였지만 임신의 기쁨보다 일본 대학과의 공동연구에서 빠지게 될까봐 더 걱정한 엄마였다.

출산예정일을 앞두고도 박사 논문심사를 더 걱정하던 참 못된 엄마였다,

"네, 늦어서 죄송합니다. 지금 바로 갑니다!"

여자
아내
엄마

아이를 돌봐주던 아주머니는 벌써 두 시간째 연락이 닿지 않고 있다. 어쩔 수 없다.

"미안해, 미안해……."

영문 모르는 아이에게 눈물 머금은 목소리를 연발하며 눈에 보이는 것들을 치우기 시작했다. 위험할 수 있는 것들은 모조리 상자에 넣어 베란다로, 아이가 잡아당기거나 넘어트릴 수 있는 물건을 무조건 손이 닿지 않게……. 그렇게 임시방편을 해놓고 모질게도 현관문을 잠그고 뒤도 돌아보지 않고 달음박질쳤다.

수억 원의 예산이 걸린 정부 과제 프레젠테이션이 있는 날, 엄마라는 내가 한 짓이다.

미안하다, 아이들아. 그렇지만 내가 엄마라는 사실이 처음부터 이 순간까지 참으로 좋고 자랑스럽다. 내가 낳아줬으니 그걸로 우리 퉁치면 안 될까?

여자에게 가장 큰 기쁨과 행복은 엄마라는 것을 여자는 안다. 그렇지만 엄마가 되는 것보다 되고나서가 더욱 힘들다.

육아비와 교육비가 출산을 가로막는 가장 큰 원인이다. 육아비와 교육비가 저축을 방해하니 서민에게 부富는 그저 꿈일 뿐이고, 노후대비는 언감생심 바라지도 못 할 너무나도 높은 희망이라 불안만 가중된다. 누가 선뜻 출산을 결심할 수 있겠는가.

'고령화 사회로 국가의 미래가 암울' 운운보다 엄마를 망설이는 여성의 상실감과 우울함에 대한 위로가 먼저다. 더 어이없는 것은 몇 째 아이부터는 출산 때마다 점점 많은 액수의 돈을 준다는 지자체의 발상이다. 아이를 무슨 로또 복권쯤으로 생각하는 것인지. 차라리 출산자녀 수에 따라 상속세 비율의 차이를 두는 것이 낫겠다.

바보야, 아이는 포상이 아니라 육아와 교육정책으로 맞이하는 거야!

살기가 팍팍해서든, 자녀의 과외비를 보태기 위해서든, 나의 성장을 위해서든, 맞벌이와 일자리를 찾는 여성이 늘어나고 있다. 다양한 인력, 특히 여성의 사회진출은 새로운 성장 동력의 원천이 되지만 육아문제가 장애를 넘어 고통이 되고 있어 안타깝기 그지없다.

무대책은 아니다. 유아원 지원을 비롯한 여러 대책이 마련되어 실행되고 있지만 턱없이 부족하여 경쟁이 되고 있고, 자체적으로도 여러 문제가 수시로 불거져 엄마들의 마음을 졸이게 한다. 본질에서 벗어난 대책이기에 예산의 낭비까지 눈에 보여 엄마들을 뿔나게 한다. 육아의 본질은 '엄마 곁에 아이 있기'다. 그것을 기본으로 한 대전환이 시급하다.

직장에서 열심히 일하고 땀을 흘리다가도 시간이 되면 달려가 젖을 물릴 수 있고, 화장실 가는 길에 흘끔 들여다볼 수만 있어도, 그도 아니면 점심시간에 아이와 같이 밥 한 그릇 나눠먹을 수만 있으면 아이는 정서적으로 안정되고 엄마는 일에 몰두해 최대의 능력을 발휘할 수 있다. 회사 안에 유아방 만들기가 한 가지 방법이다. 여건이 되는 기업이 눈치를 보면 정책지원으로 유인하고, 여건이 부족해 엄두내지 못하는 기업이라면 예산으로 지원하고, 너무 소규모여서 불가능하면 건물별, 구역별로 묶어서라도 만들겠다는 의지만 있으면 분명 할 수 있는 일이다.

기존 육아기관 인력의 일자리는 회사 안 육아방 고용으로 대체할 수 있다. 엄마가 곁에 있으면 다급한 경우의 대처도 수월하고, 책임에서도 자유로울 수 있을 뿐 아니라 아이에게도 훨씬 더 세심하게 신경 써 불안과 갈등도 해소될 것이다.

문제는 예산을 지원받던 기존 육아기관의 업주이지 싶다. 투자한 사람에게 무조건 모르겠다고 발뺌하는 것도 정부의 도리는 아니다. 형편 넉넉한 층의 그들만의 육아, 교육기관으로 전환하는 것을 허락하든지, 영유아기를 넘은 청소년 교육지원으로 전환을 유인하든지 등 방법은 찾으면 있다. 공동체의 미래를 위한 양보를 설득하고, 머리를 맞대 대안을 고민하는 것이 진정 국민을 위하는 정부의 자세다.

정말이지, 고령화 사회의 미래불안을 해소하기 위한 출산 장려 같은 소리는 제발 하지 말자. 그것은 인간, 여성에 대한 모독이다. 여자에게 엄마는, 부부가 된 남녀에게 부모는, 가장 설레는 희망이고 기쁨이다. 그 희망과 기쁨에 최선을 다해 뒷받침하겠다는 굳은 약속이 오로지 할 일이다.

섭씨 500도 금성 여자

내 필feel은 유전자공학에 꽂혀 있었지만 '식품영양학과'라는 타이틀이 망설이게 했다. 무엇보다 언니들이 다닌 '약대'에 비해 속된 말로 폼이 나지 않았다. 더군다나 '약사'와 '영양사'를 비교하면……. 그렇지만 나는 내 필이 끄는 대로 식품영양학과를 선택했다. 조금의 후회도 없었고, 지금도 없다.

사람의 인생, 특히 여자의 인생에서 비교는 벗어날 수 없는 올가미로 작용한다. 비교의 경쟁심리는 발전의 추동력이 되는 긍정적 일면도 있지만 멈출 수 없는 불만족의 원인이 되어 삶의 고단한 채찍이 되기도 한다. 그래서 정말 벗어나고픈 지겨운 올가미인데도 한 꺼풀을 걷어내면 다시 두 꺼풀을 뒤집어쓰게 된다, 특히 여자는 스스로.

남녀 모두가 지구에서 태어나 지구에서 살면서도 화성 남자, 금성 여자라는 말에 스스럼없다. 그만큼 서로를 이해하기 어려워, 그나마 외계인으로라도 생각해야 편할 것 같은 심리겠지만 지구를 사이에 둔 금성과 화성의 성질은 근본적으로 너무 다르다.

나는 여자다. 그래서 먼저 여자 입장에서 보자면 가끔은 남자들이 더 먼 목성이나 토성에서 온 것 같은 생각이 들 때도 있다. 정말 소중한 것이 무엇인지도 모른 채 밖으로만 떠돌며 술과 잡기에 빠지는 어리석음이라니. 도대체 그 머릿속은 어떻게 작동되는 것인지 다른 일은 제법 잘하는 것 같은데도 여자의 말은 당최 알아먹지 못하는 아둔함이라니. 사회적 성공이 아니라면 가정에라도 최선을 다하는 선택의 명쾌함 없이, 여기저기 그저 기웃거리기만 하며 기회를 기다리는 척하는 미련함은 또 어떤가. 게다가 주제파악을 못하는 것인지 하고서도 억지를 피우는 것인지, 터무니없는 낙관의 허세에 엉뚱한 곁눈질을 힐끔거리기까지 하면 복장이 터지다 못해 아예 기가 막혀 숨이 멎을 지경이다. 그러니…….

화성은 지구보다 태양에서 멀다. 그러니 춥고 태양에너지도 부족해 그만큼 성장에 문제가 있었을 것이다. 어리석고, 아둔하고, 불명하고, 기가 막히게 하는, 딱 성장하는 아이들 그대로인 까닭인지도 모른다. 반면 금성은 뜨겁고 태양에너지가 넘치니, 어쩌면 여자에게 주어진 '모성'이라는 또 다른 우주의 근원인지도 모른다. 그래서인지, 문득문득 남자들의 그 모자람을 다독여 주고, 조곤조곤 달래고 싶은 마음도 든다. 그런데 여자가 항상 엄마일 수가 없는 것은 그 '비교'다. 눈길이 그리로 돌아가는 순간, 여자는 태양에너지가 아니라 펄펄 끓는 표면열이 작동되는 것이다.

금성의 표면 온도는 섭씨 500도를 넘나드는 것으로 알려진다. 납도 녹일 수 있는 온도다. 동력의 에너지가 될 수 있는 강력한 힘이지만 비교가 개입되면 이성은 마비되고 파괴로 이어진다. 에너지와 파괴, '뜨거운 모성'과 '비교의 질투'의 다른 결과가 되는 것이다.

이율배반의 지뢰밭

여자의 '비교'를 자극하는 근본 원인은 여자 자신보다는 사회다.

한 언론이 특집을 기획한다. 젊은이들이 결혼을 망설이게 하고, 행복의 약속이 되어야 할 결혼에 갈등의 그림자를 드리우는 과잉혼수와 호화결혼식의 폐해를 따져 보고 잘못된 문화를 개선하자는 의도다. 대부분의 사람들이 오랫동안 입 밖에 꺼내지 못했을 뿐 공감하던 주제였으니 금방 달아오른다.

공공기관이 활용할 수 있는 공간을 결혼식장으로 개방하겠다고 나서면 정부 최고기관까지 동참을 선언한다. 한쪽에서는 주례문화의 잘못된 점을 개선하겠다고 손뼉을 치면, 다른 한쪽은 간소한 혼수품으로 행복을 약속한 사례를 보도하며 박수를 보낸다. 마치 이로써 문화가 일신되고 다시는 혼수품, 결혼식으로 행복이 멍

드는 일 따위는 절대 없을 것 같다. 그런데 다음날 신문을 보면 수천만 원을 호가하는 이른바 명품 예물 특집이 대여섯 면을 장식한다. 그야말로, 헐~.

침체된 국내경기의 활성화가 시급한 과제이니 휴가도 국내로 떠나자는 기치가 세워진다. 사람들은 고개를 끄덕이며 기꺼이 동참한다. 그런데 휴가지에 가면 모텔 방이 외국의 어지간한 호텔비용 뺨을 친다. 먹거리는 집 근처에서도 언제든지 찾아갈 수 있는 그렇고 그런 종류들이 턱없이 값만 비싸다. 잔뜩 속이 상한 데다 길까지 주차장 같아 휴식이 아니라 고생이 되어 집으로 돌아오면 방송과 신문에는 쾌적한 외국 관광지 풍경이 가득하다. 게다가 이웃집 누군가는 바로 그곳에서 모텔비 반값으로 럭셔리한 호텔 수영장에 누워 선탠을 했다는 갈색피부를 뽐내며, 듣도 보도 못한 음식 이야기까지 늘어놓기라도 하면 그야말로 눈이 뒤집어질 지경이다. 무능, 어리석음, 멍청함……! 화살은 곧장 한 사람을 향한다. 바로 남편 아니면 아버지. 미안한 구석이 없는 것은 아니지만 어쩌겠나, 바로 눈앞에서 엄연히 비교되고 있는 것을.

'신명'은 분명 우리 민족의 동력이다. 침체된 기운에 활력을 불어넣어 주고, 지쳐갈 무렵 다시 힘을 북돋우어 주는 신비의 묘약이다. 그러나 신명이 제대로 활력소가 되려면 더불어 '상식의 질서'라는 기본이 갖춰져야 한다. 그렇지 못한 들썩거림은 군데군데에서 허당과 마주쳐 발목을 접질리고 고꾸라지기 십상이다. 더군다나 의도된 이율배반의 부추김은 허당이 아니라 지뢰밭이 되어 여자의 에너지를 '비교'로 몰아붙인다. 자, 그러고도 과연 오직 여자의 탓이라고만 할 수 있는가?

CNN, BBC, NBC 등 선진국의 여러 방송을 접하며 우리 방송과의 특별한 차이점 하나를 발견했다. 미모에서는 그들 방송국의 여성 앵커나 기상캐스터를 우리 방송국의 그들과 비교할 수 없다는 점이다. 심지어 우리나라에서는 뉴스 말미에 방송되는 일기예보의 예보를 기억하는 남자는 아무도 없다는 우스개까지 유행한다. 여성의 상품화에 대한 구호와 현실의 극명한 이율배반이다.

나이 지긋하고 경륜 쌓인 좀 넉넉한(?) 여성방송인이 세상을 보는 따뜻하고 예리한 시선으로 진행하는 뉴스가 훨씬 더 신뢰성을 주지 않을까? 완숙한 여성 캐스터가 일기변화에 대비한 생활의 지혜를 곁들여주는 예보라면 우리 삶의 안전이 보다 더 나아지지 않을까? 그렇다고 무조건 미모에 불이익을 주라는 뜻은 아니다. 다만 시대의 유행을 좇아 선입견과 우선권의 틀을 만들지 않으려는 최소한의 노력이 있으면 여자의 마음이 조금 더 편해질 수 있지 않을까 싶다는 것이다.

여자
아내
엄마

나 자신으로 살기

"사직공원 쪽으로 와요. 아주 맛있는 집이 있어요."

겨우 시간을 내 전화를 걸었더니 S는 익숙하지 않은 동네로 찾아오란다. 막상 가보니 서울에 가면 자주 지나다니게 되는 길목이었다. 청와대나 정부청사와도 가까운 요즘 뜬다는 '서촌'이었으니 얼치기 도시녀로 바쁜 나만의 여유 없음인 셈이었다. 그렇지만 오래되어 낡고 자그마한 데다 '청국장'과 '두부찌개'만 5,000원씩에 파는 식당이라니 의외다.

"내가 맛있는 거 사려고 했는데."

"일단 먹어보고 맛없으면 다른 데로 옮겨요."

내심 아쉬운 내 마음을 읽었는지 그녀가 빙긋이 웃으며 선선히 대답한다. 생선 한 토막까지 포함한 여섯 가지 반찬에 모든 것이 무한리필. 찌개 한 숟가락을 떠 입에 넣으니 그야말로 내 입맛에 딱이다.

"안 옮겨도 되겠죠?"

"그러네요."

내 대답에 그럴 줄 알았다는 표정으로 그녀도 숟가락을 든다.

"집이 이 동네예요?"

"산 돌아서 있어요. 그래도 인왕산 아래는 마찬가지라 산책하기 좋아요."

"아, 세검정 그 아파트요?"

"아니요, 산중턱에 있는 낡고 작은 연립 1층이요."

"나이 들면 아파트가 편하지 않아요?"

무안한 마음이 들어 변명처럼 말하는데 그녀는 여전히 덤덤하다.

"나뭇잎 위로 떨어지는 빗소리가 얼마나 좋은데요. 우리 집 강아지 눈밭 위로 마구 낸 발자국은 그림 같고요. 호호."

그녀는 정말 이 나이에도 '호호' 웃는다.

여대 영문과를 나와 메이저 신문사 기자를 하다가 그냥 그만두고 아이만 데리고 프랑스로 가 몇년 살다가 돌아왔다. 몇몇 시사잡지의 청탁을 받아 우리 전통문화와 관련된 글을 주로 쓴다. 문화 명장明匠들의 세계, 우리 음식문화 등의 책은 정부에서 번역해 홍보자료로 외국에 배포하기도 했다.

"다음에는 제가 강남에서 밥 한번 살게요."

"난 강남은 정신없어 일 아니면 안 가요. 인사동에서 봐요. 사찰음식 전문점 좋은 곳이 있어요."

여자
아내
엄마

소녀처럼 한 손을 흔들며 타박타박 마을버스 정류장으로 걸어가는 그녀의 뒷모습이 참 예쁘다. 짧은 인연이지만 절대 놓고 싶지 않은 그에게 언젠가 물었다.

"어떤 사람 만날 때가 가장 좋아요?"

"씩씩한 사람이요. 그런 사람은 남자라도 마주앉아 소주잔 부딪쳐 줘요. 호호."

자신이 그러지 못하고 다른 면이니 좋아 보이는 것이라고, 그렇지만 절대 부러운 건 아니라고 했었다.

우리는 다른 것에 너무 익숙하지 않으려 한다. '다른' 것과 마주치면 '틀린' 것이라 여기거나 내가 틀린 것으로 뒤집기 일쑤다. 그렇게까지는 아니어도 최소한 우열을 구분해 부러워하거나 으스대기라도 해야 직성이 풀리는 것 같기도 하다.

열 손가락 깨물어 안 아픈 손가락 없다. 그렇지만 더 아프고 덜 아픈 경우는 있다. 엄마도 사람이고 눈이 있고 마음이 있는데 어찌 구별이 생기지 않겠는가. 그렇지만 엄마이기에 다르지 않은 아픔을 하나로 그러안지 않는가. 딱 그 마음이면 될 것이다.

뭉툭해 볼품없으면서도 최고로 잘했다는 표현에는 그만인 엄지, 다섯 개 중에서 키는 기껏 세 번째이면서도 가장 긴요하게 쓰이는 집게, 키도 제일 크고 멀끔한 자태지만 선뜻 쓰임새가 떠오르지 않는 중지, 반지가 제일 먼저 떠오르는 약지, 가장 작고 가늘지만 귀나 코를 파는 데는 더할 나위 없는 새끼손가락. 바쁜 집게는 한가한 중지가 부러울 수 있고, 존재감 없는 약지는 집게가 부러울 수 있다. 새끼는 약지라도 되었으면 하는 마음이 있을 테고 엄지는 날씬하고 앙증맞은 새끼가 예뻐 보일 수도 있다.

모두 같은 하나라면 하나같이 무슨 의미가 있을까. 서로 다르기에 의미가 있고, 그 가치는 저마다 빛나는 것을. 눈앞에 보이는 것으로 나와 남을 비교해 으스대거나 불행이라 여긴다면, 먼저 자신에 대한 사랑을 저버리는 것이니 남도 이웃도, 무엇보다 가장 소중한 이마저 불행에 빠트리게 되니, 탓은 그의 몫이 아니라 자신의 몫이 되는 것이다.

그녀 S는 스스럼없이 자신의 삶을 산다. 산책하고, 공부하고, 글을 쓰고, 만나고 싶은 사람을 만나고, 번잡한 곳은 피한다. 억지웃음을 웃지 않고 화를 내지도 않는다. 싫으면 피하고 좋으면 마주한다. 과한 것은 멀리하고 담박한 것을 가까이 한다. 언젠가 지갑을 잃어버렸다며 편지봉투 속에 현금 넣고 다니기를 거의 반년은 했지만 출장길에 고마운 사람을 위해 넥타이와 벨트를 고를 때는 설레는 소녀 같은 얼굴이었다. 가난하려야 가난할 수 없는 그녀.

나는 아직 일이 좋아 바쁘게 쏘다니면서도 행복하지만, 나와 다른 그녀의 모습은 또 그대로 예쁘다. 나는 평생 그녀처럼 담박하지 못할지라도 인연을 놓고 싶은 마음은 없다. 아니, 진작부터 내게 가장 가까운 사람으로 자리 잡고 있다.

LOVE

색깔 다른 사랑 둘

맞선으로 처음 한동안은 서먹하던 두 사람도 그럭저럭 정이 쌓이려 하면 슬금슬금 시어머니가 끼어든다. 집안마다 다른 예법이나 부족한 살림살이를 가르치려는 뜻이거니 했지만 아무래도 그만은 아닌 것 같았다. '어떻게 키운 내 아들인데' '금쪽같은 내 자식'까지는 이해가 되는데 어쩐지 질투 같은 느낌이 든다.

엄마에게도 사랑하던 날이 있었잖아요

'장서(丈壻:장모와 사위)갈등'이라는 말이 심심치 않게 떠돌고 있다. 그렇다면 시어머니와 며느리 사이의 고부姑夫갈등은 이제 그 처절하고 지긋지긋한 막을 내리려는 것인가. 사정을 들여다보면 그도 아니다. 부부간 맞벌이와 여권신장으로 딸 가진 엄마의 목소리가 커진 것일 뿐, 기존의 갈등은 나아진 기미가 보이지 않는다. 결국 사회적 갈등만 또 하나 늘어난 셈이다.

집안과 부모님의 결정이면 그로써 혼례를 치르고 평생의 반려가 되어야 했던 시대의 기록을 살펴본다. 그때도 고부갈등은 당연히 있었다. 대처는 '귀머거리 3년, 장님 3년, 벙어리 3년'이 가장 권장 받고, 유일한 방법이었다. 그렇게 시간이 흐르면 어느덧 곳간 열쇠가 넘어오고, 세월에 장사 없다고 엄하고 조심스럽기만 하던 시어머니가 어느 날부터인가 친엄마인가 싶기도 하고 친구인가 싶기도 하며 서로에게 의지한다. 고달프기는 했지만 그게 일상의 도리인 줄 알았으니 어쩌겠으며, 달리 뾰족한 방법도 없었다. 그래도 잘 살았던 것인가?

맞선이 주가 되고 연애도 한몫 거들던 시대의 주인공이 오늘날의 부모세대이다. 연애는 말할 것도 없고, 맞선이라 할지라도 '죽어도 싫은' 사람과의 억지결혼이 이루어지는 경우는 거의 없었다. 선택의 폭은 작아도 마음이 움직여 짝이 되었다는 이야기다. 그런데 어찌 되었던가?

맞선으로 처음 한동안은 서먹하던 두 사람도 그럭저럭 정이 쌓이려 하면 슬금슬금 시어머니가 끼어든다. 집안마다 다른 예법이나 부족한 살림살이를 가르치려는 뜻이거니 했지만 아무래도 그만은 아닌 것 같았다. '어떻게 키운 내 아들인데' '금쪽같은 내 자식'까지는 이해가 되는데 어쩐지 질투 같은 느낌이 든다. 단순한 남녀관계의 질투도 아닌 그 기이한 견제와 간섭, 갈수록 더해져 공연한 트집이나 구박으로 여겨지면 그 악명 높고 명줄 긴 고부간 잔혹사의 주인공이 된다.

처음에는 그런 어머니와 아내 사이에서 허둥거리는 남편이 안쓰럽기도 하지만 어쩔 수 없는 사람인지라 점점 원망이 쌓여간다. 어머니에게 휘둘리기만 하는 나약함, 제 아내 하나 지켜 주지 못하는 무능. 아무리 머릿속에 든 게 많고 바깥에서 잘나봐야 무슨 소용인가! 결국 기댈 것은 자식뿐. 한숨도 자식 앞, 원망도 자식 앞이고, 자신의 인생 전부를 걸게 된다. 그런데 어느 날 불쑥, 그리될 것을 당연히 알았지만 아들의 짝이 들어온다. 둘만 행복하면 되지, 마음은 정답을 아는데 둘 사이의 눈빛만 뜨거워도 왠지 서운하다. 며느리의 배시시 짓는 웃음이 처음에는 예쁘더니 어느 순간부터 교태로 느껴지고 두 눈에 뜨거운 불길이 치밀어 오른다. 갈등과 고통, 가끔은 비극으로까지 이어지는 터무니없는 악순환이다.

처음 사랑할 때를 되돌아보면 얼마나 가슴 설렜던가. 무엇을 해도 밉지 않아 받아들일 수 있었고, 그 어떤 어려움도 헤쳐 나갈 수 있었다. 부족하고 조금은 두려워도 '둘만'이면, '사랑'이면, 행복하고 앞날은 푸르지 않았던가. 그렇지만 지금 내 아이는 그렇게 '둘만'으로 둘 수 없다. 아직 철부지이고 불안하기에 가는 길을 바로 잡아줘야 한다는 마음 때문이다. 그렇지만 그때의 어머니는 다른 마음이었을까?

자식을 사랑하는 엄마의 마음은 아주 아득한 옛날부터 다르지 않았다. 자신의 뱃속에서 키워 온몸이 바스러지는 고통을 이기며 생명으로 태어나게 했으니 그보다 더 간절한 사랑이 또 어디 있겠는가. 그렇지만 그 사랑이 자식에게 아픔이 될 수 있다는 것을 스스로 겪고도 반복하며 끊으려 하지 않는 어리석음이라니.

생명의 싹을 피운 농부의 할 일은 목이 마르지 않게 물을 주고, 너무 따가운 햇볕은 가려주는 것이다. 결실은 농부의 것이기도 하지만 소용은 더 넓은 세상에 있지 않은가. 내가 피운 싹이라고 내 뜻대로 자라기를 바라 분재盆栽로 키운다면, 뒤틀리고 꺾이는 고통은 얼마이며 제대로 사랑할 수 없는 기형이 되지 않는가.

자식이 사랑을 시작하면 엄마는 그만 사랑을 놓아야 한다. 처음부터 그 사랑은 싹을 피운 생명에 대한 의무이고 예의의 사랑이었기 때문이다. 엄마의 사랑은, 자식이라는 싹을 피우도록 씨를 받은 그때의 사랑이 진짜이고 전부였다.

'부모'를 버려야 '자식'이 산다

'나는, 우리는 널 위해 모든 것을 바쳤어' 흔히 듣는 부모의 자식 사랑에 대한 이야기다. 정말 그럴까? 아니, 그보다 먼저 그래서 뭐?

'모든 것을 바쳤어'는 채권에 대한 주장을 에둘러 말한 것일 수 있다. '넌 나에게 무한한 빚이 있어!' 그렇지 않아도 부모에 대한 채무감은 성장하며 저절로 쌓여온 터에, 대학에 들어가면서는 사회적 빚도 늘어나는 형편에, 참으로 환장할 노릇이다. 한쪽 발목에는 부모라는 무한 채무의 족쇄, 다른 발목에는 유한이기는 하지만 벅찬 또 다른 채무의 족쇄……. 무엇을 마음대로 할 수 있어 꿈을 꾸겠는가.

어쨌든 맞다. 부모는 생의 많은 부분을 자식을 위해 바치고 버린다. 바치는 것은 인생과 정성이고, 버리는 것은 자신이다. 그러니

큰소리칠 만하다. 배움을 게을리 하거나 어리석은 고집을 계속하면 엄히 꾸짖을 수 있고, 잘못된 길로 눈을 돌리거나 발을 들이면 따끔하게 회초리를 휘두를 수도 있다. 그래서 예전에 아버지는 엄부가 되어 경책을 맡았고, 그때 어머니는 자식의 두렵고 아픈 마음과 상처를 자애로 품었다.

이제 '엄부자모嚴父慈母'는 보이지 않는다. 어머니가 자식 교육의 앞에 있으니 '엄모자부嚴母慈父'인가 싶지만 그도 아니다. 어머니의 경책은 옳고 그름에 대한 그것보다는 목표와 목적을 위한 강요 같은 느낌이 더 크기 때문이다. 같은 여자로서 어떻게 저런 말을! 하는 비난이 쏟아지더라도 엄마이기에 할 수 있고 꼭 해야 할 것 같다.

더하여 이즈음에는 친구 같은 아빠 엄마가 대세다. 부드러운 소통이 시대의 화두이니 그럴 수도 있겠지만 소통보다는 부모의 '자식 사랑받기' 같은 생각이 든다. '난 너에게 다 바쳤어' 말하면서 자식의 사랑을 기대하는 것은 뭔가 앞뒤가 맞지 않는 느낌이다. 그보다 중요한 것은 소통에도 격은 있어야 '잘 자라도록'이라는 부모의 바람과 역할이 제대로 되지 않을까 한다.

무엇을 줄 것인가? 물론 사랑이다. 사람으로서 사람을 사랑하는 그 마음의 사랑. 더 한다면 씨앗을 뿌리고 싹을 틔운 책임으

로서의 사랑. 사람으로서의 사랑은 지극해야 하지만 한편 의젓하기도 해야 한다. 철없는 연인의 사랑이 삐거덕거리는 가장 큰 까닭은 뜨겁기는 하지만 의젓하지 못하기 때문인데, 하물며 부모의 사랑에서야. 소통이 무조건 받아주기와 떼쓰기로 변질되기 쉬운 세상이다. 흉금은 터놓되 당당한 설득으로 떼쓰기가 아닌 수긍과 또 다른 도전이 되도록 해야 한다.

책임이란 본디부터 조심스럽고 무겁다. 그렇기에 책임의 사랑은 채무를 일으키지 않는다. 사랑을 모두 바쳤다고 말하며 채권의 여운을 남기는 것은 책임을 다 하는 것이 아니라 더욱 무겁게 걸머쥐려는 짓이다. 그래도 그저 바치는 것으로 끝내야 한다면 너무 허전함을 안다. 그러기에 영원토록 곁에 있고, 지켜가야 할 자신의 사랑을 찾아야 하고, 놓아서는 안 된다.

사랑하는 나를 위해, 사랑하는 자식을 위해, 이제 그만 놓아주자, 훨훨 날 수 있도록. 사랑이라는 이름으로 어린 날개 위에 무거운 돌덩이를 얹어 놓고 드높이 날기를 바라는 이율배반에 속고 발목 잡혀 있지 않았던가. 진정 '부모'가 죽어야 '자식'이 산다.

자식과 진짜 친구 되기

우리는 누구에게나 진정한 친구라 여기는 이가 있다. 경제적으로 서로 처지는 달라도 시기하거나 손을 내밀어 부담스럽게 하지 않고, 업신여기거나 과시하지 않아야 한다. 추구하는 바가 다르고 지향하는 이념이 달라도 마주 앉아 토론할 수 있되, 서로의 생각을 인정하고 다투지 않아야 한다. 내가 먼저 접한 새로운 지식을 전하거나 소홀히 여겨 잊었던 공동의 지식을 상기할 때 으스댐이 없어야 하고, 받아들이는 데 고까움 없이 소탈하고 진지한 이들이 바로 친구 사이이다. 그런 친구들은 날마다 만나도, 십년 만에 만나도 아무런 거리낌이 없고 언제나 그랬던 것처럼 물 흐르듯 화제가 이어진다.

'난 너에게 다 바쳤어' 아무리 그랬어도 오늘 내 손에 아무것도 없으면, 누구와도 친구가 될 수 없다. 특히 자식 앞에서 엄마아빠의 손이 비어 있으면 친구는커녕 자식의 삶에서 가장 무거운 부담이 된다. 명색 부모가 되어서, 자식에게 가장 큰 짐이 된다면 그건 너무 서글픈 인생이다. 더구나 아직 살아야 할 날이 창창한데 빈손에 짐 덩이가 될 수는 없다.

모든 부모는 자신보다 자식이 더 잘나기를 바란다. 그래서 '자식이 부모보다 더 낫다'는 소리는 욕이 아니라 기쁨이다. 하지만 자식이 아무리 많은 것을 가졌어도 부모가 스스로를 당당히 유지할 수 없으면 자식과 친구가 될 수 없다. 돌봐드려야 하는 사람과 흉금을 터놓고 친구할 수 있는 사람은 없다. 그래서 결코 자식에게 다 바쳐서는 안 된다. 부모 자신을 위해서가 아니라 자식을 지켜주기 위해, 오래도록 친구로 남아서 의지가 되어주고 위로해주기 위해서다.

친구와의 기본은 대화다. 대화는 서로 주고받는 쌍방향 소통이 되어야지 일방향이 되어서는 금세 끊어진다. 친구 사이가 끝나게 되는 것이다. 내가 눈높이를 맞춰주던 시절이 있었으니 너도 눈높이를 맞추라는 것도 그저 얼마간이다. 더군다나 아버지와의 대화는 완고함의 벽에 부딪히기 일쑤이고, 엄마와의 대화는 불평과 넋두리에 식상하고 지친 지 오래다. 그래서 처음부터 끝까지 단 한 번도 친구인 적은 없고 '친구인 척'만 있었던 것인데, 친구였다고 착각하며 자꾸 다가오면 피곤해지기까지 한다.

푸념, 넋두리, 불평, 완고함, 고집 따위는 사람과의 관계에서 장애가 될 뿐이다. 만나면 어둡고 우울하고 무거워지는데 무엇이 그리 마주하고 싶겠는가. 기껏 자신의 기분이 그러할 때나 어쩔 수 없이 찾을까.

모든 것을 다 바치지 않았으니 별로 바라는 것은 없다. 그래도 지켜보고는 싶다. 환하지 않더라도 편안한 미소를 보고 싶다. 장난기 어린 어리광이면 더욱 좋겠다. 언제나 내일을 믿고 기대하는 모습이기를 바란다. 건강하지만 피로가 묻어있는 모습일 때, 달콤한 꿀물 한 그릇을 건네주면 청량한 기운을 되찾아 힘찬 기지개를 켜면 뿌듯하겠다. 혹시 내리는 빗줄기에 눈물을 감추고 찾아오는 날에는 선뜻 내딛은 그 걸음이 대견하다며 등 두드려주고 따끈한 국물 한 그릇으로 속을 채워줄 수 있는 사랑이 되어야 한다.

주유소가 되어야 한다. 저희 멋대로 넓은 세상을 휘돌아다니다가 어느 날 문득 옛집이, 엄마아빠가 생각나 찾아오면 따뜻한 밥

한 끼 든든히 먹이고 돌아갈 기름은 넉넉히 넣어줄 수 있는 에너지 충전소. 나는 그렇게 행복한 모습으로 떳떳할 테니, 아들아 딸아! 너희는 엄마아빠로서는 알 수 없는 너희의 세상을 힘차고 멋지게 살아가라고 말할 수 있는 인생이 되어야 한다.

여자
아내
엄마

사랑 제1기
큐피드의 화살이 찾게 한 사람

그 대단한 사랑, 유효기간은 짧으면 6개월, 길어도 3년이란다. 미쳤지, 그깟 길어야 3년 사랑에 목을 매어 웃고 울었다니! 그래서 그토록 자식에게 연연하게 되는 것이었나? 그렇다면 정말 청춘과 인생에 너무 미안한 노릇이다.

"참, 해도 너무한다!"

오늘도 서둘러 이른 아침 출근길에 나서는데 남편은 버럭 목청을 높인다. 본래부터 경상도의 높은 톤이니 개의치 않는 일이고, 어쨌거나 대꾸는 해줘야 도리일 것이다.

"왜요? 또 뭐가 너무한데요?"

"당신 거울 한번 들여다봐라."

뭐가 묻기라도 했나 싶어 거울 앞에 서 보지만 어제 그 얼굴, 욕실에서 본 그대로다.

"뭐가 어떻다고 아침부터……?"

"그게 사람 얼굴이가. 눈은 퀭하니 들어가고, 광대뼈는 갈수록 튀어나오는데. 조금 있으면 사람들이 해골바가지라 카겠다."

풀썩 웃음이 비어져 나오는데 불쑥 쟁반을 내밀며 덧붙인다.

"나다니는 것도 좋고, 밤을 새우는 것도 좋은데 아침밥은 묵고 살아라. 사정 모르는 사람들은 내가 마누라 등골 빼먹는 백순 줄 알겠다."

쟁반 위에는 빵 한 조각, 우유 한 잔…….

의과대학 조교시절에 만나 어느덧 30년이나 부부의 연을 이어오고 있는 사람. 내내 공부와 일을 놓지 않았으니 대부분 출근도 내가 빨라 그가 아침을 챙겨주는 것도 어지간히 오랜 세월이라 이제는 가슴 뭉클한 감동 같은 것도 느껴지지 않는다. 그래도 건네주는 건 언제라도 다 비운다. 다행인 건 언제나 허겁지겁 그러넣기 좋은 부드러운 것들이다. 계란프라이, 주스, 요구르트, 죽, 과일 한두 조각……. 굳이 종류를 들먹인 건 이상하게도 허기만 지면 그것들이 떠오르기 때문이다.

내게 사랑은 기억도 아득하다. 그렇지만 나는 염치도 없이 그가 건네주는 무엇이든 고맙다는 말도 없이 냉큼 먹어치우고 문을 나서기 바쁘다. 그래도 서운하다는 말은 들은 적이 없다. 그런 건 무어라 해야 하는 걸까. 사랑은 갑자기 느끼해져 못 하겠고…… 혹시 의리는 아닐까? 시간이 되니 챙겨주고, 챙겨주니 먹어주고. ㅎㅎ 너무 염치없나?

여자
아내
엄마

친구 같을 때도 있지만 친구는 아니다. 인생에서 가장 소중하다는 친구와 다를 바 없기는 하지만 큰일에서는 다른 누구보다 나을 것 같은 믿음이 크기 때문이다. 부모와도 다르지만 비슷한 느낌이다. 나라는 존재가 온전한 내가 되도록 부모님에게 했던 투정, 짜증, 억지, 눈물을 이제는 그만이 받아줄 수 있으니. 뜨겁지는 않아도 따뜻하다. 설렘은 없어도 든든하고, 누군가가 그리우면 가장 먼저 떠오른다. 물론 그렇다고 언제나 찾게 되는 것은 아니지만. 없으면? …… 말도 안 돼! 그건 정말 생각하는 것조차 싫다.

사랑이 날마다 처음처럼 그렇게 뜨거우면 어떻게 될까? 단언할 수는 없어도 둘 다 불에 타서 죽거나 더 뜨거운 한쪽의 열기에 다른 한쪽이 상처투성이가 되어 끝을 보지 않을까 싶다. 그래서 사실은 사랑에 유효기간을 둔 신의 현명함에 감사드리고 싶다. 아마 내게도 가슴이 콩닥거리고 머릿속이 멍해지는 시간이 있었을 것이다. 그러나 6개월이었던지, 3년이나 갔던지 이제는 기억조차 할 수 없다. 생각하면 두 눈이 멀거나 큐피드의 화살이 가슴을 뚫는 따위는 그저 순간이었다. 아니다, 화살에 뚫린 그 구멍을 죽는 날까지 막아줄 사람을 찾으라는 것이었다.

그래도 기대했던 만큼이 아니니 실망하고 서운한 날도 있었을 것이다. 보이지 않던 모습에는 감췄던 것인가 억울하고 분한 마음도 없지는 않았을 것이다. 반응이 사과가 아니라 뻔뻔하거나 냉담이니 기가 막히는 날도 있었던 것 같다. 사랑이 억울해 아이들에게 마음을 다하니 삐친 것인지 어깨가 쳐졌다. 고소하면서도 마음 한 편이 짠해지니 잊고 있던 것이 떠올랐다. 그날부터 지금까지 여전히 화살에 뚫린 내 가슴의 구멍을 막아주고 있는 것은 그의 쪼그라드는 주먹이지 않은가. 실망, 서운함, 분함, 기막힘 따위로 그 약속에 대한 지극함을 어찌 외면할 수 있을까.

아이들아, 난 너희가 아무리 소중해도 아빠의 변하지 않는 최선에 더 많은 감사와 연민을 보내며 함께하는 삶이 되어야 할 것 같다.

사랑 제2기
이제는 당신 안 믿어!

미안하지만 이제 남편은 용도 폐기다. 더는 믿을 수가 없기 때문이다.

평생토록 해본 일이라고는 많아야 서너 가지를 넘지 못한다. 대개는 한 우물 판 것을 대단한 긍지로 여긴다. 여태까지는 그게 옳았다. 하지만 어쩌랴. 이젠 그 긍지가 함정이 된 것을. 유일하게 잘 하는 그 대단한 긍지의 한 길에는 이미 더 잘하는 새로운 피가 떡하니 자리 잡고 있지 않은가. 게다가 아직도 살아야할 날은 수십 년이나 되는데 무슨 배짱으로 지금까지의 역할을 고수하려 하시는가.

조직은 안정을 주는 대신 자유를 구속한다. 조직을 위한 생각, 조직을 위한 일, 심지어는 시간까지 조직만을 위한 시간이 되기를

무언으로 강요한다. 신나게 놀라는 휴가도 결국은 조직을 위해 활력을 재충전하라는 배려 아닌 배려이지 않은가. 그럼에도 여차하면 조직에서 퇴출되기 십상이니 한눈팔기란 자해행위에 다름 아니다. 한 우물을 깊이 팔수록, 성실할수록 그의 머리와 몸은 조직의 한 부분이 된다. 그러니 조직을 떠나는 순간 그의 생각과 능력은 용도를 잃게 되는 것이다. 실로 '조직'의 엄청나고 무시무시한 위력이다.

그러나 조직만이 세상을 움직이고 지배하는 것은 아니다. 더구나 세상은 갈수록 다양해지고 변화의 속도는 어질어질하다. 이제껏 여자, 아내, 엄마로 살아온 생에 대한 불평은 이제 멈춰도 된다. 여자의 감성, 아내의 살림, 엄마의 꿈은 그 다양과 변화의 주인공이 될 수 있는 강한 힘이다.

한 가정의 살림살이는 별 것 아닌 것이 아니라 종합예술이다. 똑같은 세간이나 재료를 가지고도 어떤 감성으로 어떻게 사용하는지에 따라서 그 느낌과 맛은 천양지차가 된다. 심하면 격으로 차이가 지기도 하지만 대개는 다양한 개성의 다름으로 저마다의 특색을 자랑할 수 있다. 사람마다 다른 개성, 그래서 여자의 살림 재능이 빛이 되는 세상이 열린 것이다.

여자가 쇼핑에 자주 나서는 이유 중에는 원하는 것을 아직 찾아내지 못한 아쉬움도 있다. 꼭 있으면 좋을 것, 조금 더 변화된 것, 조금 다른 것……. 저마다 다른 천차만별의 시각과 생각으로 살림이라는 종합예술을 지휘하다보면 저절로 불편한 것에 대한 개선과 더 나은 것에 갈망이 커지기 마련이다. 이제까지는 그 갈망을 찾아 세상을 뒤졌지만, 이제는 같거나 비슷한 생각을 가진 사람들이 찾아오도록 만들 수 있는 세상이다. 갈망, 그것이야말로 위대한 창조의 동력이니.

엄마의 꿈에는 끝이 없다. 내 아이는 누구보다도 예쁘고, 딸은 공주이며 아들은 왕자다. 그 찬란한 꿈이 상상하는 세상은 얼마나 아름다웠던가. 엄마는 자식의 장점을 가장 잘 찾아낸다. 그 장점의 재능을 살리기 위해서 무엇이 필요한지도 이제는 잘 안다. 자신은 꿈을 접었더라도 꿈을 품은 엄마는 세상이 끝나도록 이어질 것이다. 꿈에 희망을 불어넣어줄 수 있고, 희망의 꽃을 피우는 데 함께 할 수 있는 엄마의 지난 꿈, 세상을 바꾸는 힘이다.

요리에 관심이 높아지며 셰프가 주목받는다. 그런데 방송을 비롯한 언론매체를 장악하는 건 남자들이다. 웃기는 현상이다. 요리에서 남자가 가진 장점은 두 가지다. 각종 재료와 양념이 잔뜩 든 무거운 조리 용기를 불 위에서 자유롭게 사용할 수 있는 팔목의 파워, 즉 체력이 하나다. 다른 하나는 여자보다 훨씬 여러 곳을 다니며 다양한 음식을 과감하게 맛보았던 경험과 용기다.

창조 재능, 예술적 감각, 미각味覺 등은 사람에 따라 다를 뿐 남자와 여자의 절대 차이는 아니다. 먹어본 경험이 아닌 만들어본 경험은 여자가 단연 우위에 있다. 재료의 특성도 꿰고 있고, 응용의 경험이나 상상도 여성이 우위다. 더하여 부드러운 감성은 굳이 말할 것도 없다. 다만 까다로운 입맛들을 맞추느라 실행의 모험을 하지 못한 것뿐이다. 체력과 과감한 경험만 영입하면, 방송에서의 예능 지원으로도 결코 여자를 이길 수는 없다.

함께하는 제2의 인생은 여자가 키를 잡고 선장이 되어야 한다. 조직에 몸담았던 남자는 '나만의' 라는 개성보다는 튀지 않는 흐름을 좇으려 든다. 체인점, 대리점, 조금 독창적이라 해도 남들 다 하는 커피숍, 베이커리 정도다. 현상유지만 해도 감사하겠는데 눈만 뜨면 우후죽순처럼 늘어나니 시작부터 불안하고 해피엔딩은 본 바가 드물다.

이제 꾸기만 했던 여자의 꿈을 펼치자. 필요했고 가지고 싶었던 것들을 하나하나 만들어보는 거다. 상상을 디자인으로 바꾸고, 만드는 건 당연히 힘 좋고 기계 잘 다루는 남편 몫이다. 영업도 남편, 배달도 남편이다. 식당을 해도 톡톡 튀고 개성만점의 '나만의' 식당을 운영하며, 여자는 레시피 정하고 남자는 불 앞에서 가르쳐

준 대로 힘쓰는 거다. 물론 '사장님'은 남편이다. 무슨 상관이랴, 본디 사장님은 보고 받고 결재만 하지 관리는 경리의 몫인 것을. 남편이 투덜거려도 개의치 말라. '함께 살아가는' 기쁨을 위해서는 그것이 최선임을 이미 깨쳤을 테니.

사랑 제3기
정은 청승맞아, 난 의리다

외국출장이 잦다보니 이런저런 외국인의 다양한 모습에 익숙하다. 아무리 한눈팔 시간이 없어도 호텔을 드나들면 마주치는 것이 다양한 외국인이고, 상대국이 의전儀典이나 호의로 마련한 유명 관광지도 방문하게 되니 단체관광객 틈에 묻히기도 한다. 그때마다 저절로 호의의 눈길이 가는 장면이 하나 있다. 백발의 할아버지가 걸음걸이도 위태로워 보이는 빛바랜 금발 아내의 한 손을 꼭 잡고 걷는 모습이다.

어느 누가 흐르는 세월에 연로年老하지 않을 수 있을까만 서양인의 그 모습은 우리와는 다른 면이 있다. 내내 먹어온 음식 탓이겠지만 보편적으로 살이 풍성하다. 그에 반해 특히 여성들은 하체가 약하고 하지정맥 증상을 보이는 경우가 많다. 그래도 옷차림은 참 곱다.

여자
아내
엄마

서양에서는 여성들도 대부분 오래도록 직장생활을 한다. 그래도 그들의 꿈은 내내 전업주부다. 맞벌이를 하지 않으면 높은 세금 아래에서 생활을 유지할 수 없기 때문이다. 높은 월세를 감당할 수 없어 일찍 장만하는 주택의 융자금 상환과 만만찮은 생활비에 청춘에서 정년까지를 모두 바치고 나면 비로소 홀가분하게 연금으로 생활하며 여행을 즐길 수 있게 된다. 그런 '함께'의 사랑에 대한 보답인지 남편들은 자신은 티셔츠에 청바지 차림이라도 아내의 고운 옷차림에는 흐뭇한 표정이다.

선크림도 소용없었던지 자외선의 파편이 분명한 숱한 주근깨와 거친 피부, 퉁퉁 부은 다리에 불거진 검푸른 핏줄, 걷는 것이 편치 않아 느릿느릿한 걸음이지만 서두는 기색 없이 한 손을 꼭 잡은 채 나란히 걸으며 쉼 없이 도란도란 주고받는 그 정겨움이라니. 외국여행을 온 것이 분명하니 스케줄이 있을 텐데도 아내의 몸이 불편한 기색이면 호텔 수영장 파라솔 아래에 나란히 누워 종일 책을 읽거나 졸며 연신 아내의 몸에 오일을 발라주는 살가움이라니…….

그들에게는 우리의 '정情'에 걸맞은 단어가 없어 여전히 '사랑'하는 걸까?

'미운 정도 정이라고 그놈의 정 때문에 산다.'

참 많이도 들어온 소리다. 갈등하던 시어머니와 며느리가 늙어 가며 쌓은 것이 미운 정이라던가. 미운 짓만 골라하던 사람이지만 늙고 병드니 버릴 수는 없고, 그래서 미운 정으로 살아준다던가. 그래서 나는 그 정이라는 말이 마음에 들지 않는다. 고운 정이 아니라 미운 정으로 산다니, 그건 무슨 오기며 자학인가.

아니다. 사람이 결코 미운 정으로 살아갈 수는 없는 법이다. 살면서 미운 날이 없을 수 없듯, 마음에 차고 자랑스럽고 고마운 날 또한 없을 수는 없지 않은가. 누군가 사랑은 그저 사랑이 아니라 지켜가야 사랑이라고 말했다. '함께' 하며 기쁨이 있으면 슬픔도 있었고, 고움이 있으면 미움도 있었다. 의심이 있으면 믿음도 있었고, 배신인가 싶은 순간 뒤에는 더 굳건한 신뢰로 다가오기도 했을 것이다.

사랑은 기억 속에서 멀어졌지만 '함께'이고픈 마음이 컸기에 슬픔과 미움을 버리고 기쁨과 믿음을 잡아두었던 것이 아니었나. '함께'는 나만이 아닌 그에게도 의지가 되는 힘이었으니 '함께' 일 수 있었던 것일 테고. 사랑과 우정을 뛰어넘어 숱한 부침浮沈에도 여전히 '함께'를 지켜오게 해준 그 고마운 것을 청승맞은 '정'이라기에는 너무 미안해 나는 씩씩한 의리라 말하련다.

나도 때가 되면 곱게 차려입고 백년해로하는 그 남자에게 손 잡혀, 조금 틀려도 조곤조곤 들려주는 설명에 귀 기울이며 출장 아닌 세상구경을 하고 싶은데 어쩌려나? 생각만으로도 내가 벌써 조금씩 오글거리는데 그 사람이야 어떻겠나. 아무래도 그른 바람이지 싶지만 그래도 마지막 꿈을 미리 포기하지는 않을 테다, 절대로.

HOPE

희망은 교육이다

자식에게 배우지 못한 한만큼은 물려주지 않겠다는 굳은 각오는 내 아버지뿐만 아니라 그 시대 모든 부모님들의 마음이었을 것이다. 오늘날에도 우리 모든 부모는 하나같이 자식의 교육에 삶의 전부를 걸다시피 한다. 부모로서는 등골 휘는 노릇이지만 인생에서 가장 뿌듯한 일이고, 자식에게는 부담스럽기는 하지만 고맙고 가장 행복한 일이다.

희망의 교육,
그 현실

"니도 약대 가라."

이미 두 언니가 모두 약학대학을 졸업하고 약국을 개업하고 있었다. 아버지는 내게도 같은 약대입학을 진학 조건으로 내놓으셨다. 할아버지께서 독립운동을 하셨기에 아버지는 교실까지 찾아오는 일본 순사들을 피해 다니느라 제대로 공부를 못 하셨다. 그 한이 가슴에 사무친 아버지는 딸들에게도 공부 못 한 한만큼은 물려주지 않으려 하셨다. 그렇지만 실용적 결과를 얻을 수 있는, 즉 자격증을 받을 수 있는 공부를 말씀하시는 것이었다.

"앞으로는 기술로 평가받는 시대가 될 거다. 자격증을 가지고 열심히 노력하면 먹고 사는 걱정은 없을 것이고."

아버지는 단호하셨지만 나는 언니들의 뒤를 그대로 밟기는 싫었다. 아니, 같은 실용적 학문, 기술과학을 하더라도 새로운 분야에 도전하고 싶었다. 당시 언론에서는 서양 과학계 이야기이기는 하지만 유전자공학이라는 신세계를 자주 보도하고 있었다. 이를테면 유전자공학을 이용해 사람 머리통만한 크기의 토마토를 재배하고, 땅속줄기에는 감자가 열매로 맺히지만 땅 위에서는 갓이 자라는 것과 같은.

"아부지, 저는 식품영양학과 갈랍니다. 거기도 자격증 줍니다. 영양사 자격증만 있으면 외국이민도 갈 수 있고요."

진짜 속내는 이민이 아니라 유학이었지만 아버지는 눈치 채지 못하셨다.

"영양사 자격증? 으음…… 뭐 그것도 먹고 사는 데 나쁘지 않겠네."

나는 그렇게 영남대학교 식품영양학과에 입학해 실용과 기술, 과학의 세상으로 발을 들였다.

자식에게 배우지 못한 한恨만큼은 물려주지 않겠다는 굳은 각오는 내 아버지뿐만 아니라 그 시대 모든 부모님들의 마음이었을 것이다. 오늘날에도 우리 모든 부모는 하나같이 자식의 교육에 삶의 전부를 걸다시피 한다. 부모로서는 등골 휘는 노릇이지만 인생에서 가장 뿌듯한 일이고, 자식에게는 부담스럽기는 하지만 고맙고 가장 행복한 일이다.

과정은 등골이 휘고 부담스럽지만 자식의 배움을 뒷바라지 하고, 그 덕분에 마음껏 공부할 수 있는 가장 뿌듯하고 행복한 일이 되고 또 되어야만 하는 교육. 그런데 과연 정말 행복한 걸까?

우리 부모들 대부분은 자신의 자녀가 와이셔츠, 넥타이에 단정한 양복차림으로 번듯한 빌딩의 책상 앞으로 출근하기 바란다, 아직도. 청바지에 검은색 티셔츠가 트레이드마크였던 스티브 잡스에 열광하고 부러워했지만, 내 자식은 네이비블루 와이셔츠를 입기 바란다, 여전히. 아무래도 '사농공상士農工商'의 '사'자字 망령이 마음 밭에서 떠나지 않고 있는 모양이다. 우리 부모들만, 아직도, 여전히.

세상이 얼마나 바뀌었는지도 잘 안다. 자신들이 한창 꿈을 품어가던 시대에는 '딴따라'라는 말로 경시하던 가수 싸이Psy는 '강남스타일'과 '말춤'으로 세계를 흔들었다. 학교 앞 허름한 건물 구석에 자리한 만화 가게에 쭈그려 앉아 낄낄거리며 빠져들다가도 집에 가면 시치미를 떼야 했던 그 만화가 인터넷을 달구고 영화와 드라마의 원작이 되어, 만화가는 '화백'이라는 존칭으로 불리며 사랑 받고 부러움을 산다. 피아노는 교양으로 배워야 할 우아한 악기로 칭송하고, 기타는 자식의 공부를 방해하여 베짱이로 이끄는 못된 마귀처럼 홀대했다. 그러나 기타에 빠져 음악을 익힌 이들이 만든 그 곡조가 사랑을 받아, 누가 노래방에서라도 한번 부르면 그에 따라 저작권료라는 수익금으로 꼬박꼬박 통장에 들어온다. 그럼에도 그저 부러워만 할 뿐, 자식에게는 여전히 단정히 매고 나간 넥타이가 흐트러지고 후줄근해 돌아오는 와이셔츠의 길을 가라 한다.

세상이 어떻게 얼마나 빨리 변할지 예측하기란 쉽지 않다. 특히 부모가 자식이 살아갈 세상을 예견한다는 것은 단언컨대 불가능하다. 그렇다고 아이들의 앞날이 캄캄하다는 뜻은 아니다. 희한하게도, 부모의 눈에는 아무것도 모르는 철부지인데, 자식들은 저희가 살아갈 세상의 변화를 어렴풋하기는 하지만 제대로 감鑑을 잡아가기 때문이다. 부모세대들도 곰곰이 기억을 더듬으면 그 시절 별반 다르지 않았을 것이다. 중요한 것은 그 감을 제대로 좇아가는 용기와 갈 수 있도록 하는 신뢰의 뒷바라지이다.

공부하기 좋아하는 사람은 없다? 아니다! 사람은 누구나 배움에 목마르다. 엄마 뱃속에서 막 세상 밖으로 나온 아기도 눈을 뜨면 무언가를 알고 싶어 사방으로 눈동자를 움직인다. 아이가 옹알이를 하는 것도 엄마와 아빠의 말을 따라서 배우려는 나름의 노력이다. 하물며 말문이 트이고 글자를 깨친 뒤에야. 그래서 배우는 것이, 배움의 뒷바라지를 하는 것이, 사람에게 가장 큰 행복이 되는 것이다.

처음에는 엄마와 떨어지는 것이 두려워 떼를 쓰기도 하지만 유치원에서, 학교에서 배움을 시작하면 아이들은 기쁨에 들떠 밝은 웃음이 가득하다. 그런데 어느 순간부터 배움에 투정을 부리는 아이들이 생기기 시작하고, 시간이 흐르면서 점점 그 수가 늘어나다가 기어이는 학교를 회피하고 배움에 진저리를 치는 아이들까지 생긴다. 무슨 일이 있었기에 기쁨에 들떠 환하던 웃음이 진저리로 전락하였나.

아무리 좋은 옷도 제 몸에 맞지 않으면 무용지물無用之物이고, 마음에 차지 않으면 빛이 발하지 않는 법이다. 하고 싶은 것은 따로 있는데 부모가 좋은 것이라며 강요한다면 소귀에 경 읽기거나 거부감만 일게 된다. 하고 싶은 소망이 간절할수록 그만큼 더 어긋나기 십상이니, 오늘 학교와 아이들 사이에 괴리가 생기고, 가장 행복해야 할 것이 오히려 불행이 되는 까닭이다.

머리는 좋은데 공부를 안 하는 우리 아이

맞다. 내 아이, 우리 아이 모두 머리는 좋다. 그런데 공부를 안 해서 걱정이고 문제다.

'천불생무록지인天不生無祿之人 지부장무명지초地不長無名之草 : 하늘은 재능 없는 사람을 내지 않고, 땅은 이름 없는 풀을 품지 않는다.' ≪명심보감≫ 〈성심〉편의 구절이다. 사람은 누구나 쓰임의 소임 없이 태어났을 리 없고, 사람 중에 귀한 이름 없는 이 없다는 뜻이다. 그래서 사람은 모두가 특별하고 좋은 머리를 가지고 태어나고, 제각각 할 일이 있는 법이다. 다만 세상은 하나로 존재하지 않고, 사람 모두가 똑같아서는 하나같이 귀할 수 없기에 저마다 다른 재능을 안고 태어나 세상의 다양한 부분을 채워나가는 것이다. 실제 우리는 그 다름을 삶의 곳곳에서 생생하게 보고 체험한다.

길거리에서 같은 음악이 흘러나와도 어떤 이는 귀를 기울이거나 단박에 흥을 느껴 어깨를 들썩거리지만, 또 어떤 이는 소음으로 받아들여 인상을 찌푸리거나 아예 들리지 않는 것처럼 무심하기도 하다. 학교에서 수업을 들을 때도 영어시간에는 저절로 귀가 열리지만 수학시간이면 마냥 짜증나고 선생님의 말소리는 귓전을 맴도는 경우도 있다. 수학이 어려워서 그런 것이 아니다. 수학시간이면 흥미진진해 두 눈을 동그랗게 뜨고 집중하는, 그래서 수재인가 여기는 학생이 국어나 역사 과목에서는 젬병인 경우도 흔하다. 머리가 좋고 나쁜 수재 둔재의 차이가 아니라 타고난 개성의 다름인 것이다.

자식의 행복은 모든 부모의 가장 큰 희망이다. 오늘보다 더 나은 푸른 내일은 모든 이의 바람이다. '행복'은 간절히 하고 싶고, 하면 즐거운 데에서 찾을 수 있다. '오늘보다 더 나은'은 자신이 잘할 수 있고, 그래서 발전이 가능한 일에서 찾는 것이 가장 확실하다. 즐겁게 일해서 행복할 수 있고 그래서 더욱 나아질 수 있는 길을 외면하고, 그다지 즐겁지도 않고 능력도 크게 발휘되지 않는 일에서 행복과 발전을 찾으려니 언제나 불안하고 실패도 잦다.

시선視線과 인식認識이 문제이다. 와이셔츠와 책상머리의 펜이 상징하는 화이트칼라가 휘청거리는 시대다. 청춘의 전부를 바쳐 그

치열하다는 관문을 뚫고 근사한 빌딩 안의 책상 한 자리를 차지했지만 열에 아홉은 쉰 살까지 버티기도 어려운 세상이 되었다. 그의 노력부족이나 한계라고 탓할 일도 아니다. 청춘의 반짝거림이 점점 빨리 빛을 잃어가는 것은 세상의 변화가 광속光速이기 때문이다. 날마다 업그레이드되는, 정신 차리기조차 어려운 변화는 날마다 새로운 피의 수혈을 요구하니 앞서 나가기는커녕 도태되지 않기 위해 매달려 있는 것만도 벅찬 노릇이다.

그래도 인생 절반을 그렇게 열심히 살아왔으니 무엇이든 할 수 있으리라 어금니 굳게 물고 새로운 인생 항로에 나선다. 하지만 어금니는 굳게 물었는데 받쳐줄 잇몸이 부실하다는 것을 이내 알게 된다. 좋은 머리로 열심히 좇아와 책상까지는 차지했지만 더 이상의 충전이 없었던 것이다. 그럼 새로운 항로를 찾지 않아도 되는, 여전히 승승장구하고 있는 이들은 무엇인가? 돌아보면 그들은 쉼 없이 충전하고 변화에 적응했다. 그렇다고 머리가 좋고 나쁘거나, 노력의 차이만은 결코 아니었다. 덩달아 좇아와 그저 밥벌이로 시작하는 흥미 없는 월급쟁이와 처음부터 자신의 길이어서 신명이 난 자와의 차이였다.

흐름이 변하면 뒤늦게라도 변신해야 하는데 시선도 고정되어 요지부동이다. 와이셔츠, 넥타이, 책상, 아파트……. 애써 눈길을 돌린다 해도 남들이 다 하는 체인점, 편의점, 커피숍……. 당최 변신이 안 된다. 어릴 적부터 틀에 박힌 교육을 받아왔으니 설령 새로운 것이 눈앞에 놓여 있어도 눈에 들어오지 않는 것이다.

교육이 진정한 희망이 되려면 인식과 시선을 바꾸는 것이 먼저다. 이제 화이트칼라는 그저 평범한 샐러리맨의 상징에 불과하다. '사농공상'의 질서 따위는 진작 무너져 사라졌다. 세상의 길은 한길이 아니라 수만의 길로 다양하다. 그리고 그 길마다 정점이 있어 밤하늘의 별처럼 제각각 빛을 발한다. 비로소 '천불생무록지인, 지부장무명지초'의 세상이 열린 것이다.

저마다 재능을 찾아 제 공부를 해야 하는 세상이다. 재능이 있어 저절로 눈빛이 반짝거리고 신명이 나는데 어찌 공부가 재미있지 않겠는가. 머리 좋은 내 아이, 드디어 공부에 빠져든다. 교육이 희망으로서 제 구실을 하게 되는 것이다.

사교육비,
이제 제대로 절반만 쓰자

말도 많고 탈도 많은 사교육비. 어떤 금지법을 만들어 엄히 처벌한다 해도 결코 사라지지 않을 부모의 사랑과 피멍울이다. 사교육비를 보태기 위한 어머니의 노동은 부부의 사랑을 멍들게 한다. 또한 가정을 온전히 돌보지 못하게 하는 제 살 깎기지만 그래도 포기할 수 없다. 아무리 노후가 불안해도 엄마가, 아빠가 자식 뒷바라지에 온힘을 기울이지 않을 수는 없다. 부모에게는 자식이 최우선이기에.

탓으로는 공교육의 부실을 먼저 든다. 맞다. 그러나 그렇지 않을 수도 있다. 아무리 공교육이 좋아져도 경쟁이 사라지지 않는 한 내 자식은 남보다 앞서야 하는데 어찌 그만둘 수 있겠는가. 그러니 사교육비가 사라지는 세상은 앞으로도 한참 동안 꿈꿀 수 없다. 좋다, 써야 한다면 쓰자. 그렇지만 그 때문에 등골이 빠지고, 사랑이 흔들리고, 노후가 캄캄하도록 어리석게는 쓰지 말자. 딱 지금의 절반만 써도 되는 길이 있다.

부모의 첫 번째 바람은 내 자식이 최고 대학에 입학하는 것이다. 두 번째 바람은 대학을 졸업하고 번듯한 직장을 갖는 것이다. 세 번째는 좋은 가정을 이루며 출세를 이어가는 것이다. 그리고 '내게 조금 효도'는 네 번째, 어쩌면 아예 바라지 않을지도 모른다. 저희들만 잘 살면 되지라는 억지 위안을 하며.

정신 똑바로 차려서 한번 따져보자. 반드시 최고대학을 가야 하는 이유는 먼저 그 자체로써 실력을 인정받는 것이고, 그로 인해 취업에 유리하고, 덤으로 학연學緣이 그 배후를 탄탄하게 받쳐주기도 하니 부모의 바람 대부분이 이루어지기 때문이다. 그렇지만, 최고 대학의 정원이 무한정은 아니다. 그럼에도 내 자식은 반드시 들어가야 한다는 강박은 부모와 자녀 모두를 피폐시킬 수 있다. 더구나 내 자녀에게 뭔가 좀 부족한 면이 있다는 것을 알면서도 기어이 이뤄내고 말겠다는 고집은 의지가 아니라 희망의 싹을 말려버리는 우매함이다.

제대로, 정직하게 한번 생각해 보자. 모두가 좋은 머리로 태어난다는데 왜 내 자식은 어딘지 부족한 게 있는 듯싶을까? 답은 이미 부모가 알고 있다. 내 자식의 재능은 그쪽이 아니라는 것을 어릴 적부터 눈치 챘으니 말이다. 일찍부터 그림을 좋아하고 잘 그려 미술에 소질이 있는 것 같은데 아무래도 그 길로는 성공하기 어렵고, 잘못되면 밥도 먹고살기 힘들 것 같다는 판단을, '엄마'가 먼저 내린 것이다. 초등학교 때부터 컴퓨터에 매달리더니 중·고등학교에 들어가서는 게임에 빠져, 저러다가 인생을 망쳐버리는 게 아닐까 걱정스러운 아들이 있다. 문득 혹시 저 아이에게 특별한 재능이 있어 스티브잡스나 세계적 프로그래머가 될 수도 있지 않을까라는 생각이 들기도 하지만, 그러다가 안 되면? 하는 걱정 때문에 '공부는 노력이야'라며 밀어붙이지 않았던가!

반대의 경우도 있다. 우리 아이는 애초부터 공부머리는 없지만 그래도 인물 반듯하고 노래와 춤에 재능을 보이니 아예 연예인의 길을 잡아주는 것이 최선이다 싶다. 그래서 이런저런 연줄로 일찍부터 텔레비전 어린이 프로그램에 내보내기도 하고, 조금 더 자라면 유명한 기획사에 맡겨 열심히 뒷바라지 한다. 그런데 어렵사리 데뷔 무대까지는 갔는데 이상하게 주목받지 못 하고 20대 중반에 이미 시들시들해져 버리니, 그 다음부터는 이도저도 아닌 뜬구름 같은 인생이 된다. 적지 않은 경우다. 심지어는 노래도 춤도 인물도 성품도 다 반듯한데, 노래에서 맛이 나지 않아 데뷔시키지 못하는 걸그룹 후보가 있다는 기획사 사장의 넋두리도 있다. 여북했으면 연애를 해 사랑의 쓴맛을 보면 노래가 살 것 같다며 한탄할까.

혹은 컴퓨터가 세상을 움직이고 내 자식이 컴퓨터에 매달려 사니 그쪽이 적성이라 반드시 성공할 것이라며 무작정 지켜보지만, 실상 아이는 그저 게임에 빠져 사는 것뿐인 경우도 있다.

과잉이든 방치든 자식에 대한 사랑이 근원이었으니 크게 비난할 바는 아니지만, 시쳇말로 부모의 헛발질이 자식의 앞날에 빛을 바래게 해서는 안 될 일이다. 더하여 그 헛발질로 자신들의 앞날마저 어둡게 해 훗날에는 자식의 짐이 되어서야 아니함만 못하다.

사교육비, 쓰지 않으면 죄인 되는 기분이라면 써야지 어쩌겠는가. 그렇지만 기왕 쓸 것 제대로 써야 한다. 그러기 위해서는 일단 공교육에 대한 신뢰가 우선이다. 성적과 경쟁에만 매달리지 않는다면 지금도 그리 나쁘지 않은 수준이고, 점점 더 나아질 것이다. 공교육에서 체득할 수 있는 보편적 지식의 함양과 더불어 부모가 지원해야할 것은 자식이 스스로 자신의 재능을 찾도록 하는 것이다.

다른 아이와의 비교나 강요만 아니라면 아이들은 제 스스로 재능을 드러내기 마련이다. 남과는 다른, 바로 그 특출한 흥미와 재능이 생명의 잉태와 함께 부여받은 축복이다. 공교육이 할 수 없는, 그 제각각의 재능을 키워주는 것이 사교육의 몫이라는 이야기다.

자신이 자신의 공부를 해야 한다. 남들과 같아지기 위해, 그저 남에게 뒤지지 않으려고 이것저것 전부 하려니 아이는 지겹고, 성과는 지지부진하고, 부모는 등골만 휘는 것이다. 자신의 재능을 스스로 찾아내기 위한 초등학교 교육, 자신의 재능을 꽃피울 수 있는 기초적 지식을 함양하고 검증하는 중학교 교육, 자신의 재능을 펼쳐 나갈 세상의 보편적 상식을 학습하는 고등학교 교육이 진짜 교육이다. 대학은 그 다음, 전문가로서 집중화를 위한 선택이어야 한다.

부모의 체면이나 남의 눈치 때문이 아니라 진심으로 남보다 더 나은 앞날이 소망이라면, 그 재능에 기꺼이 사교육비를 지원해 남과 다른 특별한 내 자식을 만들어야 할 일이다.

국격國格의 지표가 되는 인문학 성과

시작하면서부터 실용, 기술, 과학 같은 이야기만 했으니 편견인가 하는 오해가 생길 수도 있겠다. 눈앞에 닥쳐 있고 점점 조여드는 불황, 청년실업, 고용갈등, 대책 없는 수명 연장 같은 가슴 답답한 난제들에 마음 쫓긴 때문이었지만 인문학이 모든 길의 키워드임을 모르지 않는다.

철학, 종교, 역사, 언어, 문학, 법률, 예술…… 일부 논쟁은 있지만 대표적인 인문학으로 모두 자연과학과 달리 객관적으로 드러나지 않는 인간의 관념, 가치를 탐구하는 학문이다. 객관적인 자연현상의 과학도 중요하지만 인간이 인간인 것은 관념과 비물질적 가치에 대한 탐구 의지 때문이다. 또한 그로 인해 자연과학 역시 태동하고 발전할 수 있었다. 그래서 인문학은 모든 길의 키워드이며, 지식의 통합이라 할 수 있는 '통섭', 자연과학과의 융합 등으로 주목받고 있는 것이다.

인문학의 가장 큰 약점은 물질적 가치가 즉시적 가시적이지 않다는 것이다. 그 약점으로 인해 삶이 각박해지고 경쟁이 치열하면 인문학은 더욱 뒷전으로 밀리게 된다. 그러나 자연과학의 태동이 관념과 가치 탐구에서 비롯되었듯이, 인문학의 지속적 발전 없이는 과학의 발전 역시 지체되거나 어긋나기 십상이다. 다행인 것은 신의 은혜로 사람들 중에는 어떤 고난 속에서도 진리의 탐구에 매진하고 행복해하는, 세상의 또 다른 날개를 겨드랑이 사이에 감추고 태어난 이들이 있다는 것이다.

예를 들어보자. '문화인류학' '사회인류학' '민족학' 등으로 나뉘기도 하는 통칭 '인류학'은 인간 활동에 대한 전반적인 연구를 통해 제각각 다른 인간의 생활양식 등을 연구하는 학문이다. 이 학문의 연구에서 제대로 성과를 거두는 경우는 오래된 생활양식을 현재까지 유지하거나 크게 변형되지 않은, 그래서 대부분 아프리카나 남태평양의 섬 등 오지로 불리는 지역에서 그들의 생활양식을 통해 인류 문화의 기원과 발전과정을 연구한 결과이다.

대표적인 학자로는 벨기에 출신의 프랑스 인류학자 클로드 레비 스트로스(Claude Levi Strauss 1908.11.28.~2009.1.1.), 영국 출신의 제인 구달(Jane Goodall 1934.4.3.~) 등을 우선 들 수 있다.

레비 스트로스는 남아메리카 현지 조사를 통해 친족 이론, 사고 체계, 신화분석에 있어서의 구조주의를 제창하고, 《친족의 기본구조》《신화(전4권: 날 것과 요리된 것, 꿀에서 재까지, 식사예절의 기원, 벌거벗은 인간)》 등의 세계적 명저를 남겼다. 특히 문학적이고도 지적인 자서전 《슬픈 열대》는 우리나라에서도 많은 사람들이 읽고 감동받은 스테디셀러다.

제인 구달은 《내가 사랑한 침팬지》《희망의 밥상》《희망의 자연》 등의 책뿐 아니라 침팬지 연구가, 동물행동학자, 환경운동가로 너무도 저명하여 우리에게도 친숙하다. 특히 그녀는 여성이며, 연구과정의 독특함이 주는 울림이 특별해서 조금 더 자세히 서술한다.

제인은 고등학교를 졸업하고 대학에 입학할 형편이 되지 않아 여러 직업을 전전했다. 23살이 되었을 때 아프리카 케냐에 농장이 있는 학교 친구의 초청을 받자 웨이트리스로 일해 뱃삯과 생활비를 마련했다.

한 달 남짓 농장에 머무는 동안 동물에 대한 그녀의 관심을 알아본 지역 주민이 나이로비의 국립자연사박물관장 루이스 리키(Louis Leakey 1903.8.7.~1972.10.1.)에게 소개했다. 케냐 출신의 영국인으로 원시인류 화석 발굴과 연구에 전념하던 고고학자루이스 리키는 오래지 않아 동물에 대한 그녀의 관찰력을 알아보고 조수로 채용했다.

루이스는 그녀에게 침팬지 연구를 제안했다. 선사시대 인류의 화석이 자주 발견되는 호숫가에 사는 침팬지를 연구하면 선사시대 인류의 행동 양식에 관한 단서를 잡을 수 있을 것이라는 생각 때문이었다. 그녀는 기꺼이 동의했다.

모든 것은 자금 확보로 시작된다. 루이스가 나서서 미국 일리노이주에 있던 윌키 재단으로부터 초기 연구자금을 지원받을 수 있었다. 제인은 빅토리아 호숫가의 곰베 침팬지 보호구역(지금의 곰베 국립공원)에서 연구를 시작했다. 오래지 않아 곰베 침팬지의 일상생활과 도구 사용 등에 대한 그녀의 관찰은 상당한 성과를 거두었다. 루이스는 그에 관한 학문적 인정을 위해 자신의 모교인 케임브리지 대학에 제인의 박사과정 입학을 주선했다.

대학에 입학한 적도 없는 제인 구달이지만 케임브리지대학은 그녀의 연구 성과를 학사 학위과정으로 인정해 박사과정 입학을 수락했다. 지도교수는 제인의 연구 현장인 곰베를 3차례 방문하여 별도의 스승 없이 본능과 열정으로 진행하는 그녀의 연구를 인정했다. 3년 만에 박사학위를 받은 제인은 그 후 내셔널 지오그래픽을 비롯한 여러 단체의 지원을 받아 연구 활동을 지속할 수 있었다.

지나간 과거가, 더구나 이처럼 발달한 문명 속에서 당최 쓸모라고는 없을 것 같은 침팬지의 행동 따위가 무엇이라고 신나는 청춘을 열악한 오지에서 희생하고, 또 적잖은 자금을 지원하는 것인지 언뜻 이해되지 않을 수 있다. 그러나 그와 같은 인류학적 연구가 주는 성과는 인류 문명의 발전양식이나 단계를 알아 미래를 예측할 수 있게도 하고, 자연과 인간 공존의 필요성을 넘은 절박성을 일깨워주기도 해서 환경 및 다양한 분야에서의 연구 계기와 획기적 전환의 촉매가 되기도 한다.

비단 인류학뿐 아니라 철학, 종교, 역사, 언어, 문학, 법률, 예술 등 모든 인문학이 다르지 않다. 다만 물질적 성과 없이 긴 시간이 소요되는 학문 연구에서 아무리 뛰어난 자질을 가진 사람이라도 안정적이고 지속적인 자금 지원 없이는 아예 발을 들여놓으려 하지 않거나 중도에서 포기하기 일쑤이다. 어쩌면 뛰어난 자질의 천재도 실은 가능한 지원이 만들어낸 결실인지도 모를 일이다.

살펴보면 제인의 경우뿐 아니라 모든 위대한 연구 성과 뒤에는 자금을 지원하는 국가나 대학, 재단, 연구소 등이 있었다. 연구를 옥죄는 조건 따위는 없다. 오랜 시간 연구의 성과가 없거나 몇 차례의 실패가 이어져도 인류와 미래를 위해서 필요할 만한 연구라면 지원을 중단하지 않는다. 물론 그런 고귀한 자금을 지원받으면서 자신의 청춘에 대한 보답을 바라거나 일신의 영달을 꾀하는 연구자도 없었다.

보다 중요한 점은 국격國格이다. 우리는 한순간 눈이 번쩍 뜨이거나 가슴 벌렁거리는 특별한 세계와 지식의 발견을 책을 통해서 하는 경우가 많다. 그런데 부끄러운 것은 우리의 영혼을 흔드는 신세계가 대부분 선진국 학자들이 연구한 결과에 의해 열린다는 것이다. 아니, 선진국 학자들이 연구해낸 결과가 아니라, 그런 이들의 성과가 선진국으로 존경받게 만든다고 하는 것이 옳다.

겨우 고등학교를 졸업한 26살 여자의 침팬지 연구 프로젝트에, 그것도 국적조차 다름에도 연구자금을 지원했다. 대학에 입학한 적도 없는 학력임에도 곧바로 박사과정 입학을 허용하고, 지도교수의 수업이 아니라 독자적 현장연구를 인정해 박사학위를 수여했다. 그런 선진국의 자세라면 우리에게도 반드시 타고난 천재가 아니더라도, 맑은 영혼의 꺾이지 않을 의지로 제대로 공부하려는 인재는 많지 않겠는가.

사람의 기본,
만사의 씨앗 인문학

흔히 '문사철文史哲'로 불리는 인문학은 뛰어난 성과 이전에 사람의 기본적 소양으로 접근하는 것이 먼저다. '배부른 돼지보다 고뇌하는 인간이 되겠다.'는 소크라테스의 경구도 무조건 부富를 멀리하라는 뜻은 아니었다. 그렇지만 부가 충만하더라도 아무런 지적 소양을 갖지 못한다면 그저 배부른 포만감뿐 진정한 기쁨을 누리지는 못하기에 그리 말한 것이다. 기쁨은 마음과 정신의 작용이기 때문이다.

보다 중요한 것은 인문학은 모든 것의 씨앗이라는 사실이다. 우리는 흔히 번뜩 떠오른 영감靈感이 새로운 창조의 계기였다는 말을 듣는다. 그렇지만 어느 날 느닷없이 찾아오는 영감이란 없다. 평소의 사색과 독서 등으로 그의 영혼을 채우고 있는 인문적 소양에서 발아되어 번쩍 떠오르게 되는 것이다. 자연주의 문학가로 유명한 잭 런던(Jack London:1876.1.12.~1916.11.22.)은 "영감이 찾아오기를 기다려서는 안 된다. 몽둥이를 들고 좇아가야 한다."는 말을 남겼다. 치열한 사색으로 붙잡을 수 있는 영감이라는 행운, 그 포승줄이 인문학적 소양인 것이다.

바야흐로 세계는 창업 열풍이다. 미국, 중국, 영국, 프랑스, 인도, 호주, 이스라엘 등 세상 어느 나라에도 당당하게 제 목소리를 내고, 그 미래가 불안하다고 여기지 않는 나라의 청년들이 주역이다. 반면 우리의 청년들은 자신이 태어나고, 자랐으며, 부모형제와 친구가 사는 이 땅을 '헬(hell:지옥)조선' '망한민국' 등으로 냉소하며 떠날 궁리를 한다. 이해는 된다. 태어나는 그 순간부터 오직 공부에만 매달리고, 세상 돌아가는 형편에 따라 '스펙'이라는 것을 갖추기 위해 부모의 등골까지 휘게 하며 용을 썼다. 그렇지만 턱없이 부족한 일자리는 점점 멀어지는 데다, '금수저' '은수저' 물고 태어난 이들은 종種이 다른 것처럼 자신과는 다른 세상을 산다. 눈이 뒤집힐 만하고, 그 증오에 공감하지 않는 바도 아니다. 그렇지만 한번 생각을 달리해보자.

단순하게 말해 역사 발전은 '금수저' '은수저'가 따로 없는, 그것을 극복할 수 있는 인간평등과 자유의지를 위한 부단하고 치열한 노력이었다. 자신의 주인은 자신이며, 자신의 의지로 세상을 살아가고, 자신이 주인이 되어 타他를 도울 수 있는 것이 최고의 가치임을 깨우치며, 그를 위해 고민하고 노력하는 삶의 연속.

스티브 잡스의 청바지와 티셔츠는 자유의지의 상징이었다. 자유의지는 자신이 주인이 되려는 의지다. 그러니 대학이라는 제도를 박차고, 일자리를 구하는 것이 아니라 스스로 일자리를 만들어 다른 이들과 나누었다. 주인이었지만 자신이 만든 일자리를 찾아온 사람들도 주인으로 대우하며 창조를 북돋우었다.

그렇다, 창조다. 창조와 창업 모두 '비롯하다, 만들다'라는 뜻의 '창創'이다.

물론 우리에게도 창업의 도전은 있다. 그렇지만 많은 수가 성공하지 못하는 데는 진정한 의미의 '창創'이 없기 때문이다. 까닭은 우리에게는 오래전부터 창조의 씨앗이 없거나 말라버렸기 때문이다.

얼핏 창조는 '무無에서 유有의 탄생'으로 생각할 수 있다. 그러나 아니다. 무의 상태에서 만들어내는 창조란 오직 신의 영역일 뿐이다. 인간에게 가능한 창조란 모두 유를 바탕으로 시작된다. 조금 심하게 말하자면 모방이 시작일 수도 있다.

그렇다고 무작정 베끼는 것이 창조가 될 수는 없다. '전화轉化'라는 단어가 있다. '무엇의 성질이나 내용이 바뀌어 다른 실체가 되는 것'을 의미하고, 그것이 바로 인간의 창조다. 성질이나 내용이 바뀐다는 것은 엉뚱하게도 나무에서 떨어지는 사과열매를 보고 만유인력의 법칙을 생각하는 것과 같은 것이다. 전기시대의 주인공인 발명왕 토마스 에디슨도 저압 전류를 발생시키는 원시전류가 있었기에 가능했다. 알렉산더 프레밍이 페니실린을 개발한 것도 우연히 발견한 푸른곰팡이의 오염 덕분이었다.

우리에게는 진정한 자유정신이 없었다. 초등학교에서 대학교까지 기본 13년 동안 학교에서 배우고, 수많은 책을 읽지만 오직 정해 놓은 답을 찾기 위한 수색이었지 탐구는 아니었다. 모든 것을 참고서와 문제집으로 읽었을 뿐이다. 그러니 자유정신은 없고 남의 밑에 들어가 시키는 대로 일하고 임금을 받으며, 2인자 자리를 위해 치열한 경쟁을 펼치느라 이웃이나 남은커녕 자신조차 제대로 지키지 못하는 것이다. 또한 조직의 일원이 되어서도 자유정신과 의지로 주인의식을 가진 이라야 최고가 될 수 있다. 조직을 이끌어가는 창조의 주역은 저절로 주인 대우를 받을 것이니 말이다.

잃어버린 13년이 억울하다면 이제라도 눈을 돌려라. 탐구하는 정신으로 책을 읽고, 자신의 생각으로 사색하며, 때로는 음악과 미술로 여유를 찾아 관조하며, 사람으로서의 기본을 쌓아 가야 한다. 그러다 보면 오래지 않아 창조의 씨앗이 발아되고, 어느 날 문득

'영감'이 찾아와 잠들어 있는 영혼을 깨우게 될 것이다.

청춘이여, 언제나 입고 다니는 청바지와 티셔츠, 그 자유정신으로 깨어나라!

정말 틀을 바꾸고 싶은 우리 교육

'법은 순리다' '법은 하나다' '법은 상식이다' '법은 최소한이다' …… 법과 관련한 그럴듯한 드라마만 봐도 쉽게 접하고 반복해서 나오는 이야기다. '법法'은 '물 수水, 氵' 변에 '갈 거去'를 합쳐 쓴다. 물이 흘러가는, 즉 거스르지 않는 순리가 법이라는 뜻이니 상식일 수밖에 없다. 그렇지만 지금 우리에게 법은 상식보다는 벼슬에 가깝다. 어디에서 잘못된 것일까?

대학교는 대학원에 미치지는 못하지만 전공으로 삼은 전문분야의 연구를 행하는 교육기관이다. 뒤집어 말하면 사람이 일상생활을 하는 데 필요한 보편적 상식은 고등학교 교육으로 충분해야한다는 뜻이다.

굳이 법을 먼저 거론한 이유는 그것이 사회생활을 하는 데 기본적인 준거이기 때문이다. 옳고 그른 것에 대한 구분, 할 수 있는 일과 하지 말아야 할 일에 대한 판단, 가능한 일과 가능할 수 없음을 예측할 수 있는 기준……. 그러니 고등학교를 졸업한 사람이라면 최소한 법학개론 정도는 머릿속에 들어 있어야 한다. 하지만 지금 우리 고등학교 과정에서 법은 사회 탐구 분야의 한 단원으로 그친다. 사회를 살아가는 기본적인 소양조차 대학교에 떠맡기고 있다는 말이다. 대학에서도 전공이 아니라면 교양과목으로 선택하지 않는 한 졸업하고도 여전히 무지한 상태가 된다. 국제법은커녕 육법六法의 기본정신과 구조조차 모르니 가치판단이 헛갈리고 법의 울타리를 벗어났다가 낭패를 겪어 국가와 사회에 대한 원망만 깊어지는 것이다.

역사를 흔히 '거울'이라 말한다. 지난 일을 거울로 삼아 실수와 실패를 반복하지 않아야 한다. 그렇게 역사를 거울로 삼는 자세일 때, 실패와 좌절 속에서도 문명의 진보를 이룬 지난 역사의 주인공을 긍정할 수 있고, 긍정하는 자세여야 거울에 비친 모습을 있는 그대로 볼 수 있다.

편견에 쌓인 교육은 논외로 하고라도, 지금 우리의 역사 교육은 여전히 정답을 맞히기 위한 암기 위주 아닌가. 역사가 암기라니! 한 시도 손에서 떨어지지 않는 스마트폰으로 인터넷 조회를 하면 금방 알 수 있는 중요 사건의 시대별 순위가 과연 변별의 기준으로 타당한지 묻고 싶다.

문명은 어떻게 진보해왔으며 그 시작과 동력은 무엇인지, 문명의 전화에는 어떤 계기가 있었으며 그 결과는 긍정적이기만 한 것인지, 당대에 벌어졌던 그처럼 큰 사건의 실질적 배경은 무엇이며, 당시의 국내정세와 변수가 된 국제관계는 어떠했는지, 대비와 대처에 있어 긍정할 부분과 잘못된 부분은 무엇이었는지를 배우고 생각해야 교훈으로 삼을 수 있다.

그저 내 나라의 역사를 몰라서야 하는 정도가 아니라 아시아와 세계, 동서양을 아우르고 비교해 역사의 흐름과 관계를 파악해야 이 세계화, 국제화의 시대를 저마다 헤쳐 나갈 수 있지 않겠는가.

지난 7월 태국 치앙마이에서 열린 2015년 국제수학올림피아드IMO에서 우리나라 서울과학고등학교 학생들이 금메달 3개, 은메달 1개, 동메달 2개를 획득해 참가한 104개 국가 중 종합3위의 쾌거를 올렸다. 참으로 대단하다. 그런데 비슷한 시기 '사교육걱정없는세상'이라는 시민단체가 전국의 학생과 수학교사 9,022명을 상대로 조사했더니 고등학생 10명 중 6명이 '수포자(수학포기자)'라는 결과가 나왔다. 도대체 이 앞뒤 맞지 않는 괴리는 무엇인가.

조금 더 자세히 수포자 내용을 들여다보면 초등학생 36.5%, 중학생 46.2%, 고등학생 59.7%가 스스로 수학을 포기했다고 밝혔다는 것이다. 상위 학년으로 올라갈수록 그 수가 늘어나니, 이는 학생이 아니라 교육정책의 문제라고 볼 수밖에 없다.

다른 어느 선진국보다 우리 수학의 진도가 앞서간다는 것은 이미 잘 알려진 바이다. 다른 나라 중학교 과정이 우리에게는 초등학교 과정이고, 고등학교 과정이 중학교 과정인 셈이다. 특히 고등학교에 들어가면 공통수학, 심화수학, 고급수학으로 상승되며 심화 미적분의 경우는 다른 나라 대학교 전문 과정이다.

이런 수학교육은 대학입시는 제쳐두고 이미 초등학교부터 사교육에 기댈 수밖에 없게 만든다. 그러니 공·사교육을 포함한 전체 학습시간 중에서 영어와 더불어 두 과목이 차지하는 비중이 절대적이니 기본적인 인성이나 소양교육은 정상화되기 어려운 것이 현실이다. 게다가 아무리 총명한 자질을 가졌다 할지라도 그 분야에 특출한 재능이 없는 한 특정 과목에서 앞서가는 진도를 평균적으로 좇아갈 수는 없는 노릇이다. 학년이 높아질수록 수학이 어려워 흥미를 잃고, 끝내는 지겨움과 두려움에 스스로 수학을 포기하게까지 되는 이유이다.

삶의 대부분을 과학도로 살아왔기에 고차원의 수학이 소용되는 분야가 그렇게 많지 않다는 것을 잘 안다. 고등학교 과정에서의 공통수학 정도만으로도 인문학, 의학 등을 공부하는 데는 별다른 지장이 없다. 만약 변별력辨別力의 확보를 위해 그리하는 것이라면 그것은 교각살우矯角殺牛의 어리석음이 될 것이다. 왜냐하면 수학을 포기한다는 것은 지금의 조건에서는 사실상 대학을 포기하는 것이나 다름없기에 다른 과목까지 소홀히 하여 절반의 공부로 끝나고 말 것이기 때문이다. 절름발이 교육의 정상화를 위해서는 무엇보다 수학 교육에 대한 획기적 발상의 전환이 필요하다.

우리나라에서 이제 음악, 미술 등의 예술과목은 초등학교에서부터 사교육에 의지한다. 그러니 인성마저 사교육에 의존하려는 기막힌 현상이 벌어지는 것이다.

중국의 명문 베이징대학교는 체육을 1학점의 필수 과목으로 졸업할 때까지 매학기 유지한다. 4년 동안 전공을 포함한 전체 필수과목에서 F학점을 받은 횟수가 8번이면 유급이 아니라 무조건 퇴학이다. 신입생으로 재입학하지 않는 한 수료증은 얻을 수 있어도 학사학위는 받을 수 없게 되는 것이다. 그러니 출석만 하면 학점을 주는 체육수업을 빠질 리 없다. 수업내용도 이론은 없고 오직 실기다. 축구, 수영, 테니스, 육상…… 아무것이나 선택해 수업시간 내내 몸을 움직여 땀을 내면 우열 없이 모두가 동일한 학점을 받는다. 다름 아닌 학업에만 매달리는 학생들의 건강을 고려한 자구책 인 것이다. 우리 고등학교의 체육 현실을 생각하면 당장 시행해야 할 묘책이라는 생각까지 든다.

배움은 즐겁고 희망이 되어야 한다. 배움이 지겹고 고통이 되면 그것은 교육이 아니라 희망의 싹을 자르는 칼이고 독毒일 뿐이다.

BLUE
모두가 내 자식, 청년의 꿈 파랑

어떻게 시작하느냐보다는 꿈이 있느냐가 중요한 것이다. 꿈에 대한 열망이 강한 이들에게 남과 다른 시작이나 몇 해의 시간이 장애가 될 수는 없었다. 그이들은 절망하지 않고 오히려 꿈을 키워갔다. 생각하지 않았고 낯선 길이었지만 그 발걸음을 꿈을 향한 거름으로 삼았다.

금오공고
제1회 졸업생들의 역사

금오공고가 문을 연 1973년, 대한민국 최고 명문인 경기고에도 746명이 입학했다. 다음해인 1974년부터 고교 평준화 정책이 시행된다는 사실이 알려진 상태에서 평소보다 더 우수한 학생들이 몰려들었다. 새로 만들어진 엘리트 공고와 전통의 명문고생들은 어떤 길을 걸었고 지금 어떤 위치에 있을까.

이 흥미로운 주제에 대한 답은 연세대학교 사회학과 석사학위 논문인 '중화학공업화 초기 숙련공의 생애사 연구'에 담겨 있다.

－중략－

이 논문에서 비교 분석 대상으로 삼은 사람들은 금오공고 1회 졸업생 360명 중 총동문회에 등록된 326명과 경기고 72회 졸업생 746명 중 주소록에 등록된 606명이다. 이들의 현 직업을 보면 경기고의 경우 대학교수가 153명(25.2%)으로 가장 많고 이어 기업경영(96명 · 15.8%), 의료직

(72명 · 11.9%) 순이었다. 흥미로운 것은 금오공고 1기생들의 직업이다. 가장 많은 직업은 기업경영(88명 · 27.0%)이다. 등록된 동기 전체 중 비율로 볼 때 금오공고 출신 기업 경영자가 경기고보다 많다. '기업경영'으로 분류된 기업체 대표이사 혹은 임원이 상식적으로 가장 많을 듯한 기술직(67명 · 20.6%)보다 훨씬 많다. 기업경영과 기술직에 이어서는 공무원(35명 · 10.7%), 자영업(29명 · 8.9%)이 많았다.

이러한 결과에 대해 논문 저자 지민우 씨는 "('기업경영'이라는 답의 대상이 된 기업은) 한국 기업 데이터에 등록되어 있는 기업만을 대상으로 했기 때문에 기업경영자는 경제적으로 상층이라고 볼 수 있다"며 "금오공고 1회 졸업생의 경우 농촌 빈곤층 출신으로 도시 중상층 출신 자녀들 못지않게 지금까지도 안정적으로 경제활동을 하고 있는 것으로 보아 계층적 상승이동이 가능했던 것으로 볼 수 있다"고 분석했다.

–주간조선 [2282호] 2013.11.18. 일부 인용–

농촌 빈곤층 출신으로 성적은 뛰어났지만 과외는 언감생심이었고, 대학은 그저 꿈일 뿐이었던 그들에게 손을 내민 것은 고故 박정희 대통령이었다. 벅찬 산업화 정책의 성공을 위해서는 많은 수의 기능공이 필요했고 그 양성을 위해 전액 장학금, 기숙사 및 학업의 제반 편의 제공을 조건으로 인재들을 선발했다. 그들은 학교를 졸업하기 전에 최소 2급기능사 자격증을 취득해야 했다. 전체

합격률이 10~20%에 불과하던 어려운 시험이었다. 그러고도 아무리 졸업성적이 뛰어나도 당장 대학을 갈 수는 없었다. 의무적으로 군에 입대하여 5년간 기술 하사관으로 근무하거나, 한창 붐이 일던 중동 건설 현장에 기술 인력으로 투입되는 학교와 학생도 있었다.

맞다, 그들은 원조 '공돌이'였다. 국가가 산업발전을 위해 작심하고 키운 기술인력, 인재들을 사회는 그렇게 '공돌이'라는 말로 비하했다. 그 역시 어리석은 '사농공상'의 그림자에서 벗어나지 못했기 때문이었을 것이다. 평생토록 공장과 산업현장에서 땀방울을 쏟고, 기름때를 묻히며 살게 될 것이라는 선입견에 잡혀서 말이다. 그러나 결과는 앞에서 읽은 기사 그대로다.

졸업 정원이 배 가까운 차이가 났으니 비율로 살펴보자면, 이제 60살이 가까워진 그들의 현재 직업군이 나타내는 의미가 사뭇 심장하다. 먼저 경기고 출신의 현재 직업 중 압도적 다수는 대학교수이고, 금오공고 출신은 기업경영이다. 대학교수의 일반적 정년이 65세인 점을 감안하면 전문 경영인인 그들의 입지 역시 별반 다를 것이 없다.

두 번째 직업군은 경기고는 기업경영이고, 금오공고는 기술직이다. 이제 기술직은 전문 엔지니어로서 현대사회에서 받는 존중, 지위와 안정은 여느 화이트칼라보다 더 나은 편이다.

그 밖에 금오공고 출신의 세 번째 다수 직업인 공무원(35

명 · 10.7%)의 경우는 경기고(21명 · 3.5%)를 압도한다. 물론 경기고 출신의 경우 금융 · 법조 · 의료 등 우리사회에서 상류층으로 분류되는 직업군에 다수 진출해 있지만 금오공고 출신도 소수이기는 해도 직업군으로 형성하고 있다. 또 하나 주목할 부분은 경기고 출신은 전무全無하고 금오공고 출신은 29명(89%)으로 조사된 자영업으로, 이 또한 기술을 기반으로 한 자영업이 대부분일 것으로 추정되어 일반적인 경우보다는 훨씬 안정적일 것으로 추정할 수 있다.

고등학교를 졸업하고도 자신의 능력 여부와 상관없이 당장은 대학에 들어갈 수 없는 그들이었다. 또래의 다른 친구들은 캠퍼스의 낭만을 즐길 때 산업 현장에서 구슬땀을 흘려야했던 그들. 아마도 이마 위를 흐르는 땀보다 더 그들을 힘들게 한 것은 '공돌이'라는 비하와 최소 5년의 시간을 뒤지게 된, 그래서 영원히 따라잡을 수 없을 것 같은 두려움이었을 것이다. 그렇지만 오늘의 결과는 그 아픔과 두려움의 뒤집기로 보여주고 있다.

어떻게 시작하느냐보다는 꿈이 있느냐가 중요한 것이다. 꿈에 대한 열망이 강한 이들에게 남과 다른 시작이나 몇 해의 시간이 장애가 될 수는 없었다. 그이들은 절망하지 않고 오히려 꿈을 키워갔다. 생각하지 않았고 낯선 길이었지만 그 발걸음을 꿈을 향한 거름으로 삼았다. 또래보다 먼저 받기 시작한 급여 대부분은 집안을 일구는 데 보탰지만 자신의 꿈을 키우는 데도 얼마간을 쓸 수 있었다. 부모에게서 받는 것이 아니라 스스로의 땀으로 번 돈이니 당당하기도 했지만 더욱 소중했다. 책 한 권도 허투루 사지 않았고 책장이 닳도록 읽고 또 읽었다. 스스로 삶을 개척하고 꿈을 가꿔가는 길은 고달프기는 했지만 설렘과 각오는 몇 배였다. 무엇보다 중요한 것은 낯설고, 한편 부끄럽기도 하던 '공돌이' 경험이 희망의 길을 찾는 데 나침반이 되었다는 것이다. 기능과 기술은 그저 몸으로 살아가는 수단이 아니라 물리를 깨우치는 과학이 되어 막연한 꿈을 구체적이고 실현가능한 희망으로 인도했으니 말이다.

'공돌이' 노벨상 주인이 되다!

2014년 10월 7일, 스웨덴 왕립 과학원 노벨 물리학상 위원회는 그해 노벨 물리학상 수상자로 일본 나고야名古屋대학 전기공학과 교수 아카사키 이사무赤崎勇와 아마노 히로시天野浩, 미국 캘리포니아대학 산타바바라 분교의 나카무라 슈지中村修二 교수 3인을 공동 수상자로 발표했다. '효율이 뛰어난 파랑색 LED와 에너지를 절감할 수 있는 백색광을 개발한' 공로였다.

특히 주목하고 싶은 사람은 나카무라 슈지다.

1954년생인 그는 일본 시코쿠四國 도쿠시마현德島縣의 도쿠시마대학교에서 학사와 석사과정 공부를 하고, 그 지방의 니치아日亞화학에 입사했다. 니치아화학은 전 직원 200여 명에 개발직은 5명에 불과한, 주로 형광등을 제조하는 작은 회사였으니 지방대학 출신의 평범한 직장 생활이라 할 수 있었다.

그는 그곳에서 20여 년간 일하며 300여 건의 특허를 출원했지만 시장에서 성공한 제품은 없었다. 그야말로 천덕꾸러기 신세인 셈이었다. 그나마 다행인 것은 연구를 위해 미국에서 1년간 유학하고 싶다는 그의 요청을 사장이 받아줬다. 1년 뒤 미국에서 돌아온 그는 청색 LED 개발에 매진했고, 5년 만에 5억여 엔의 연구비로 마침내 성공했다. 나카무라가 개발한 청색 LED는 특허를 출원한 니치아화학에 1조 엔 이상의 매출을 올리는 세계적 기업을 선사했다. 또한 그 자신에게는 노벨상 수상이라는 최고의 영예도 안겨줬다.

석사학위를 받기는 했지만 형광등 만드는 작은 기업의 개발직이라면, 조금 과하게 우리식으로 말하자면 그도 '공돌이'다. 더군다나 뭔가를 부지런히 만들고 열심히 특허출원도 하지만 당최 성공하는 제품이 없으니 '루저' 취급 받기 십상이었다. 여북했으면 20년을 근무하고 '과장' 직함조차 받지 못했을까. 그래도 그는 낙담하지 않고 꾸준히 공부하며 자신의 뜻을 세워나가 마침내 가장 빛나는 성과를 거둔 것이다.

'내 연구의 동력은 분노였고, 그 분노의 대상은 학벌, 조직, 사회 시스템이었다. 그러나 나는 그 분노의 동력을 개발로 돌렸다' 그가 노벨상을 수상한 뒤 밝힌 소회의 한 대목이다. 지방대 출신 '공돌이'의 피맺힌 한의 절규처럼도 들린다. 우리도 다르지 않기에, 아니 너무도 닮았기에, 아이러니하지만 다시 희망을 말할 수 있을 것 같다.

뭔가 이상하다. 1조 엔 이상의 매출을 올리는 성과를 거둔 그가 왜 미국 대학의 교수로 재직하며 노벨상을 수상하게 된 것일까?

청색 LED개발에 성공하자 엄청난 매출을 올리게 됐지만 니치아화학은 나카무라에게 단돈 2만 엔의 보상금과 과장으로의 승진을 보답으로 내놓았다. 나카무라는 200억 엔의 보상금지불을 요청하는 소송을 냈고, 1심 법원은 원고의 청구를 전부 수용했다. 그러나 2심은 8억5천만 엔의 조정으로 합의를 이끌어냈다. 우리에게도 매우 익숙한 장면이다. 그는 '일본의 시스템에 실망하고, 일본의 사법은 썩었다'며 분노하고 미국으로 떠나 캘리포니아대학 교수로 재직하던 중 노벨상 수상 소식을 접했다.

그의 소회 한 대목을 더 들어보자.

'이보다 더 나쁜 교육 시스템은 없다. 일본을 비롯해 중국, 한국의 교육은 시간 낭비일 뿐이다. 입학시험은 오직 이름난 대학에 들어가기 위한 목적밖에 없다. 후세대들은 다른 방식을 찾아야 할 것이다.'

뜨끔하다. 아니, 속이 후련하고 마음속으로는 손바닥이 아프도록 박수를 친다. 지방대학 출신 공돌이의 한이 맺힌 독설이 아니라 안타까운 마음의 진실임도 안다. 그렇지만 막상 내 아이의 문제로 돌아오면 슬며시 귀를 막고 고개를 돌린다. 어쨌거나 내 아이는 이름난 대학에 들어가야 하고, 편안한 책상 앞에 앉아야 한다는 생각이다. 부모의 용기 없음으로 자식에게 차안대遮眼帶를 씌워 하나의 길로만 내모는 것은 아닌지 생각해볼 일이다.

흐트러지는 시야를 차단해 앞으로만 질주할 수 있도록 경주마의 안면에 씌우는 가면이 차안대다. 경주마는 오직 앞만 보이기에 질주한다. 그러나 가면을 벗기면 350도나 되는 본래의 넓은 시야에 적응하지 못해 불안해한다. 사육사의 보호를 받아 마구간과 질주하는 경마장이 경주마 생生의 전부가 된다. 늙어서 더 이상 경마장에 나갈 수 없어 차안대를 벗기면, 가엾게도 경주마는 푸른 초원 위에서도 더 이상 멋진 질주를 할 수 없게 된다.

어쨌거나, 학벌·조직·사회 시스템에 대한 실망은 여전하고, 썩은 사법 체계의 개선도 요원해 보인다. 교육 시스템 또한 당장은 다른 방식을 찾으려는 기미조차 보이지 않는다. 일본이 아니라 그들보다 더한 지금 우리의 현실이다. 그러니 '공돌이의 노벨상' 같은 헛된 꿈은 꾸지 말고 가던 길이나 그대로 가야한다?

아니다, 결단코! 분노의 동력이 제대로 방향을 잡는다면 이 땅이 아니더라도, 꿈과 희망을 꽃피울 대지는 어디든지 있다. 지레 겁

여자
아내
엄마

먹어 길들여지기에는 푸른 청춘이 너무 아깝고, 잠시 후의 미래가 너무나 좁고 어둡지 않은가. 세상은 넓다. 청춘아, 차안대를 거부하라!

디지스트(DGIST: 대구경북과학기술원)를 아시나요?

대전에 소재한 카이스트(KAIST: 한국과학기술원)는 알아도 대구경북과학기술원은 아직 생소하다.

1971년 한국과학원KAIS으로 설립되어, 1980년 12월 31일 한국과학기술원으로 승격한 카이스트는 2014년 영국의 대학평가기관 'QS 세계대학 평가'에서 공학기술 분야 17위, 종합 51위에 오른 국립 특수대학교다.

1993년 설립, 1995년부터 학생 모집을 시작해 20년째에 이른 지스트(GIST: 광주과학기술원) 역시 국립 특수대학교다.

2003년 12월 11일 대구경북과학기술연구원법이 제정되어 2005년 12월 27일 설립 총괄 기본계획안이 승인되고, 2008년 대구경북과학기술원법이 공포되어 2011년 제1회 석·박사과정 입학식을 거행한 디지스트 역시 국립 특수대학교로 우리나라 과학기술

발전의 4대 축 중에 하나이다.

이로써 수도권의 키스트(KIST: 한국과학기술연구원)를 중심으로 중부권의 카이스트, 호남권의 지시트와 함께 국가 과학 연구의 삼각 트라이앵글이 형성된 것이며, 과학기술 발전에서도 지역 균형을 이루게 된 것이다.

'대전에는 카이스트가 있고, 광주에는 지스트가 있습니다. 그런데 여러 과학기술 연관 산업들이 밀집한 우리 대구 경북지역에 과학전문 기관 하나 없다는 건 참 부끄러운 일입니다. 우리 과학자들이 나서야 합니다.'

2000년대 초반, 대구 경북 지역 과학자들의 푸념 같은 제안으로 디지스트설립추진위원회가 발족되었다.

당시 나는 국가과학기술위원회 위원으로 활동하며 화학재단으로부터 150억 원의 막대한 연구비를 지원받은 계명대학교 전통미생물연구센터장을 맡고 있었다. 책임이 막중했지만 진작부터 디지스트에 대해 같은 생각을 갖고 있었기에 몸뚱이를 다시 하나 더 쪼갰다. 너나 할 것 없이 모두가 동분서주 애쓴 결실로 2003년 관련법이 제정되고, 2004년 9월 7일 재단법인 설립등기를 마쳤다. 그렇지만 기본적인 인프라 구축을 비롯하여 막대한 예산이 소요되는 국책사업이 하루아침에 이뤄질 수는 없었다. 다행히 초대원장 정규석 박사를 비롯한 임직원의 노력으로 2005년 총괄 기본계획도 완성되었다. 330,579제곱미터(약 10만 평) 부지에 99,174제곱미터(약 3만여 평) 규모의 관련시설을 건설하는 작지 않은 규모였다.

'이제 이 교수께서 나서줘야겠습니다. 신기술사업단에서 성공한 경험이 있으니 가장적임자라는 중론입니다.'

2007년 어느 날, 디지스트 원장직 공모에 응해달라는 제안을 받고 적잖이 당황했다. 당시 나는 2004년부터 성서공단에 섬유 후속사업으로 고부가가치융합연구를 위한 IT, BT, NT, 한방센터를 구축하기 위해 1450억 원의 국가 예산이 투입되는 대구신기술사업단 단장을 맡고 있었다. 무엇보다 연구원 건설을 위한 재원 확보, 조직 구성과 그를 위한 인사……. 내가 그 막중한 일을 감당할 수 있을까 하는 두려움이 컸다. 무엇 하나 녹록한 일이 없었고 허허벌판에 연구원을 건설하는 일은 고된 노동이었다. 그렇지만 생각하는 바가 있어 수락하고 2007년 9월 3일, 디지스트 제2대 원장으로 취임했다.

디지스트는 지역 연구소 기능을 넘어 걸출한 과학 인재를 지속적으로 양성, 배출할 수 있는 과학 요람이 되어야 한다. 그를 위해서는 대학원 과정에 그치지 않고 학부 과정까지 확대하여 인재의 유입과 배출이 선순환 구조를 가져야 한다는 것이 내 생각이고 의

지였다. 그를 위해서는 경쟁구조가 되는 지역 내 공과대학을 설득하여 협조를 얻어내고, 관련 법제가 마련되어야 했다.

'카이스트와 광주 지스트를 보십시오. 학부 과정이 개설돼야 과학전문기관으로 제 기능을 할 수 있습니다.'

관련된 인사 한 사람 한 사람을 찾아다니며 설득하고 애원했지만 디지스트 학부 법안은 자꾸만 뒤로 밀려 2008년 2월의 17대 국회 마지막 회기까지 갔다. 코앞으로 다가온 18대 국회의원 총선거로 정치권의 분위기는 술렁거렸다. 절체절명, 나는 대구 경북 지역 민심을 얻기 위해서는 반드시 디지스트 법안이 마련되어야 한다는 협박성 읍소마저 서슴지 않았다. 그리고 마침내 2008년 6월 13일, 대구경북과학기술원법의 개정, 공포를 보게 되었다. 지금은 현역에서 은퇴하셨지만 지역의 미래를 고민한 강재섭·이해봉·박종근 전 국회의원, 김만제 이사장님의 도움이 컸다.

시키는 사람도 없는 일을 벌여 문턱은 넘어섰지만 다시 예산이 문제였다. 연구소 건설비만 해도 거액인데 학부까지 개설하였으니 캠퍼스사업비 마련이 발등의 불이었다. 한정된 정부예산과 저마다 시급한 현안으로서의 재원 확보 전쟁. 방법은 발바닥이 부르트더라도 뛰어다니며 매달리고 설득하는 것밖에 없었다.

뒷날 보니 일주일에 네댓 번씩 서울을 오가는 강행군으로 1년 동안 KTX 마일리지 96,000킬로미터를 기록한 강행군이었다. 2010

년 말까지 신청사 및 연구동 준공을 마친 나는 2011년 3월 제1회 석·박사 학위과정 입학식을 지켜보며 디지스트를 떠났다. 참으로 뿌듯하고, 소중한 보람이었다.

지나간 일로 나 자신을 내세우고 평가받으려 함이 아니다.

2013년 제1회 학위 수여식에 이어, 2014년에는 학사 과정 입학식도 가졌지만 디지스트는 그 일천함으로 인해 아직 대구·경북민에게조차 그리 친숙하지 않다. 광주과학기술원이 '광光' 분야를 특성화시켜 세계적 기관으로 도약한 것처럼, 디지스트는 특히 '뇌'분야 특성화를 꾀했다.

뇌 과학은 선진 57개국 정부와 세계 1,000여 개 연구기관이 매년 3월 셋째 주를 '세계 뇌 주간(World Brain Awareness Week)'으로 정해 중요성과 가치를 홍보할 만큼 인류에게 마지막 남은 과학 영역이다. 디지스트는 뒤늦게 출발하는 만큼 그 마지막 영역에 야심찬 도전장을 내민 것이다. 2011년 부설 한국뇌연구원 설립, 2012년 기초과학연구원 식물노화·수명연구단 유치, 2013년 뇌대사체학연구센터 개소, 미국 존스홉킨스 대학의 세계적 뇌 과학자 가브리엘 로네트 교수를 학과장으로 초빙하는 데 성공한 것 등도 그 작은 결실이다.

이제 디지스트는 뇌 과학은 물론 신물질 과학, 로봇공학, 정보통신 융합공학, 에너지시스템공학, 뉴바이올로지 등 초일류 융복합 연구중심대학으로 지식 창조형 글로벌 인재를 양성하고, 미래 융복합 기술 창조에 매진해 세계 선도 대학으로 우뚝 서게 될 것을 확신한다.

이에 먼저 대구·경북의 지역민이 디지스트를 자랑으로 여기고, 깊은 관심과 애정을 보내주기를 바라는 간곡한 마음에서 이 단락을 썼다.

국제특성화고등학교로 양성하는 국제 전문가

'지구촌' '세계화' 등은 이제 익숙하다 못해 식상할 정도의 단어다. 그럼에도 여전히 유효하다. 특히 별다른 물적 자원 없이 인적 자원뿐인 나라에서, 그마저도 치열한 경쟁의 임계점에 다다른 우리에게는 더더욱 말이다.

우리에게 가장 큰 자산은 사람이다. 세계인 중에서도 한국인의 자질과 능력은 특히 빼어나다. 타고난 총명함, 뜨거운 가슴, 질긴 근성이 그 바탕이다. 한 사람, 한 사람 모두가 세상 어디에 나가서도 앞장설 수 있는 재원들이다. 다만 지금의 교육과 방법은 시대의 흐름에 너무 뒤져있다는 것이 문제다.

지금 우리의 세계화 대처 교육은 언어 중심이다. 수많은 유학생을 본다. 빠르면 직장이나 생업 등으로 외국에 나가는 부모를 따라 중·고등학교 때부터 시작하는 경우도 있지만 다수는 대학부터

다. 조기교육으로 시작한 영어의 경우도 막상 현지에 나가면 한동안 헤매기 십상이다. 그 나라의 역사와 문화, 풍습에는 거의 백지 상태이니 교과서적인 언어 습득만으로 현지인을 따라갈 수 없는 것은 당연한 노릇이다. 하물며 다른 언어권의 경우에서야.

세계 대부분 나라의 학기 시작이 9월이니 고등학교를 졸업하고 대학에 지원하기 위해 일반적으로 현지에서 1년, 혹은 1년 반의 어학연수 기간을 가진다. 그리고 현지 대학에 입학하면 대부분 아직 익숙하지 않은 언어로 인해 수업을 좇아가기도 벅차다. 그렇게 4년 대학을 졸업하고 나면 언어는 어느 정도 익숙해져도 '00통'이나 전문가라는 소리는 아직 꿈도 꿀 수 없다.

우리 기업들은 세계 많은 나라에 지사를 두고 있거나, 현지 에이전시를 필요로 한다. 지사의 경우 책임자를 비롯한 일부 직원은 대부분 국내에서 선발, 파견하지만 간혹 현지인으로 채용하는 경우도 있다. 그러나 국내 파견이든 현지 채용이든, 아직 유학생 출신 우리 청년을 그리 선호하지는 않는다. 일상적 대화 수준의 현지어 능력만으로는 전문가로 인정할 수 없는 데다 오히려 국내 사정에도 밝지 못한 점이 걸림돌이 되기 때문이다. 더구나 독자적 판단·결정능력이 크게 요구되는 에이전시의 경우라면 더 말할 것도 없다. 현지의 다국적기업은 아예 엄두도 낼 수 없고. 그러니 나름 열심히 애쓴 유학 생활의 뒤끝이 절름발이가 되어 모국과 현지를 부유浮遊하기 일쑤가 되는 것이다.

경쟁의 임계점에 다다른 우리 사정에서 청년이거나 장년이거나 나라 밖으로 눈을 돌려 탈출구를 찾고 시장을 넓히는 것은 숙명적 과제이다. 그것은 개인뿐 아니라 국가 전체 입장에서도 다르지 않다. 그러나 지금 우리 교육 제도나 사회 시스템은 진정한 국제화와는 너무도 거리가 멀다.

먼저 국제특성화 고등학교 도입이 시급하고 절실하다.

요즘은 직접 해외여행을 경험하지 못 할지라도 인터넷 등을 통하여 외국의 문화에 접할 수 있는 길이 허다하다. 게다가 중학교 졸업 전에 한두 번 외국여행을 하는 것도 다반사다. 그도 아니라면 뉴스를 비롯한 귀동냥으로라도 국제화에 눈은 뜬다. 여건만 마련된다면 일찍부터 외국 진출을 염두에 두고 계획을 구체화하거나 꿈이라도 꿀 수 있다는 뜻이다.

일단 가상의 꿈을 그려보자.

중국특성화 고등학교가 있다. 그곳에서는 고등학생으로서 익혀야할 국어, 영어, 역사 등 기본적인 소양과 더불어 중국어, 중국역사, 중국문학, 중국예술, 중국 기본법 체계, 현대중국정치와 경제를 정규과목으로 가르친다. 물론 중국대학으로의 유학을 목표로

하는 과정이니 우리나라 수학능력시험을 대비한 과목은 제외한다. 3년 동안 있는 6번의 방학 때는 중국 각 지역에 협력 학교를 두어 그곳으로 연수를 간다. 현지 학교 기숙사나 학생 집에서 홈스테이를 하며 또래 아이와 그 지역에서의 놀이를 즐기며 언어를 숙달하는 것이다. 자연스럽게 그들의 전통, 관습, 놀이, 관심 사항, 변화 추이 등을 익히게 될 것이다. 그것은 반드시 체계화된 것이 아니어도 상관없다. 아직 고등학생이니 막연하게나마 감을 잡는 것으로 충분하다. 그리고 방학 동안 다녀본 6개 지역을 중심으로 지역과 전공을 선택해 대학에 입학하는 것이다.

이미 3년 동안의 체계적인 교육과 체험으로 1년이나 1년 반 정도 급하게 익힌 언어능력은 훨씬 뛰어넘을 것이다. 게다가 다른 학기 체제를 이용해 6개월 더 현지의 체화를 한다면 대학생활은 현지 학생과 크게 다르지 않을 수 있다. 더욱이 집중하여 가르친 중국 역사, 문학, 예술, 법체계, 정치, 경제 등의 지식은 중국 역시 대학 입시 준비가 치열하니 그들이 소홀했던 부분이라 중국 학생들과의 대화에서 선도해 나갈 수도 있게 된다. 전공 역시 중국 학생과 실력을 겨룸에 우리의 총명한 자질이 더하니 결코 뒤지지 않을 것이다. 자, 어떤가. 그쯤 되면 현지의 다국적 기업이든 우리나라 기업이든, 우수한 경쟁력으로 우대하지 않겠는가. 개중에 뛰어난 청년들은 끊임없는 여행과 시장조사로 에이전시 또는 독자 창업을 안정적으로 꿈꿀 수 있을 테고.

중국뿐 아니라 우리의 미래시장이 될 나라는 부지기수이다. 인도, 러시아, 인도네시아 등의 동남아시아, 남미……. 개발도상국뿐 아니라 미국, 일본, EU지역 역시 지역별, 나라별로 따지면 수월하게 진출할 가능성이 아직도 적지 않다. 용기 있는 청년이라면 중동이나 아프리카 같은 지역에서 황금 대박의 꿈을 키울 수도 있을 테고.

좁은 나라 안에서 몇 안 되는 최고 대학 운운하는 교육에 매달려 청춘의 활기를 꺾어서는 청년 개인은 물론 나라 전체도 미래를 잃어버리고 희망을 버리는 일이 된다. 정부와 정치권이 앞장서 활로를 열어야 한다. 박정희 시대 금오공고의 발상은 오늘 국제특성화 고등학교로 새로운 기적을 만들어낼 수 있는 전범典範이다.

물론 현지 취업 등에서 일정한 법적 규제가 따르는 경우는 있다. 문제 해소를 위한 정부의 지속적 외교협상이 필요한 부분이지만 체계적인 교육을 미뤄야할 핑계거리는 아니다.

필요하고 또 다른 성공의 길, 지역 전문가

인터넷으로 세상의 정보가 실시간으로 전해진다. SNS를 통하면 전 세계 가입자들과 동시에 소통한다. 비행기 몇번 갈아타면 지구 반대편도 2.3일이면 찾아갈 수 있다. 그러니 부지런하고 여건만 되면 세상이 모두 손바닥 안에 있고 지구 전문가라도 된 듯하다. 게다가 중앙 중심을 벗어나지 못하는 우리는 세상 어디를 가도 수도나 대도시만을 좇는다. 그렇지만 수도나 대도시는 경쟁이 치열하다. 자국인, 내국인을 포함한 최고의 전문가들이 득실거리니 대박을 좇기는 쉽지만 성과를 거두기는 낙타가 바늘구멍 통과하기보다 어렵다.

그처럼 치열하고 가능성이 적다고 수도나 대도시를 회피하라는 것은 아니다. 정보의 실시간 세계화는 산간오지에 사는 사람들까지 머리를 깨우고 눈높이를 높였다. 대도시 위주의 개발, 특정 지역에의 경제 집중으로 인한 과도한 도시팽창은 인구급증과 물가상승을 유발해 생산성의 급격한 하향으로 이어졌다. 지역 균형발전이 세계 모든 국가의 당면 과제가 된 까닭이다. 바야흐로 세계 곳곳 특히 중국과 같은 발전 도상대국 곳곳에 미국 서부개발과 같은 황금시대가 열린 것이다. 한 개의 지역이 어지간한 국가 하나의 규모와 맞먹는다. 그 지역의 전문가가 되기도 쉬운 일이 아니다. 그래서 치밀한 안목의 조기, 체계적 교육이 필요한 것이다.

선점하여 선도할 수 있어야 성공할 수 있다. 그를 위해서는 우선 그 지역 토박이에 버금가는 현지화가 되어야 한다. 그것만 되면 우리 청년과 장년에게는 탄탄대로가 열린다.

예를 들어보자. 중국은 엄청난 경제성장으로 사회 다수가 부의 잔치를 벌인다. 하루가 다르게 변하는 도시의 스카이라인과 초호화 아파트가 대표적이다. 그렇지만 막상 들어가 보면 돈은 퍼부었는데 뭔가 부족하다. 가구의 배치도 그렇고 벽에 걸린 그림도 생뚱맞기 일쑤다. 심지어는 아이와 함께 한 가족이 사는 아파트 벽면이 붉은 색으로 치장된 곳도 있다. 문화 발전 단계를 거스른 때문이다. 수동식, 공전식, 다이얼식, 버튼식에 유선전화의 분리형을 거쳐 휴대전화, 스마트폰으로 이어진 우리와, 동네 공중전화에 마을 전체가 매달려 살다가 어느 날 갑자기 휴대전화, 또는 스마트폰으로 급성장한 사람들의 문화 대응 방식은 차이가 날 수밖에 없다. 하드

웨어의 추적은 빨라도 소프트웨어는 복제에 매달릴 수밖에 없는 현실의 이유이다. 우리의 경쟁력이 유지되는 부분이기도 하다.

다른 예를 들어보자. 중국의 아파트는 전체 면적과 대비하여 과도하게 큰 거실에 주방은 비좁은 데다 생활공간과 막힌 폐쇄형이 대부분이다. 거실 위주의 전통적 생활문화와 그들의 음식 대부분이 기름을 이용한 볶음요리이기에 생긴 현상이다.

중국의 아파트는 실내장식 없이 분양되는 것이 일반적이어서 수많은 인테리어 업체가 난립한다. 주거공간에서 가장 소프트웨어적인 부분의 시장이 열려 있는 것인데 그들의 문화적 특성을 꿰뚫은 전문가라면 굳이 창업이 아니더라도 중국 업체가 쌍수를 들어 환영할 것이다. 실제 중국 푸첸성福建省의 신발공장에서는 한국인 디자이너에 대한 수요와 대우가 상상 이상이다.

수년 전 중국 장쑤江蘇성 출신의 싱가포르와 중국 국적 경제관계자를 초청한 적이 있었다. 접대하는 사람들이 전날의 과도한 음주 이후 점심식사로 대구 북구의 유명한 밀복집에서 맑은 복국을 대접했던 모양이다. 오래되어 허름한 시설에 그들이 불편해 하는 방바닥에 앉아야 하는 식당이었지만 막상 복국을 한 숟가락 떠먹더니 두 눈이 휘둥그레지더라는 것이었다. 자신들의 고향인 장쑤성의 맛인데 현지에서는 먹을 수 없는 요리라며 연신 엄지손가락을 세우고 경탄하며 중국진출을 권하기까지 하더란다.

의례적인 칭찬이려니 했다. 그런데 그중 한 사람을 싱가포르에서 다시 만나 식사자리에 갔더니 단박에 복국이야기부터 꺼내는 것이었다. 사연은 이랬다. 본래 장쑤성은 장강長江의 지류인 회하淮河에서 유래한 화이양차이(淮揚菜:회양요리)의 고장으로 장강 하류의 생선 등 제철산물을 주재료로 담백하고 소박한 맛을 자랑하는데 대구의 복국이 바로 그 맛이라 고향처럼 오래 기억에 남아 있다는 것이었다. 그가 다시 한 번 장쑤성의 성도인 난징南京에서 복국식당을 열면 반드시 크게 성공하리라는 것으로 보아서는 결코 마음에 없는 칭찬은 아닌 듯싶었다.

하물며 식당 하나를 열어도 지역 전문가가 되어야만 성공할 수 있다. 우리가 태어나 죽을 때까지 김치, 된장을 잊지 못하는 것처럼 매운맛이건 단맛이건 전통이 된 입맛은 영원할 수밖에 없는 일이다. 그런데 뜬금없이 반짝 뜬다고 덜렁 거금을 투자했다가는, 인기가 시들해진 후에 본전을 건지기도 힘든 경우가 흔하다. 지금 중국에서 20여 년 동안 성장을 거듭하고 있는 유명 한국식당 체인은 최초 중국에 진출할 당시, 우리나라 대기업 현지 지사에 자신들의 지분 일부를 비용으로 지불하고 컨설팅을 의뢰해 초기부터 제 길을 잡은 것이 성공의 밑바탕이었다고 한다. 그것은 단순히 경제성 컨

설팅만이 아니라 중국인의 음식, 생활 등 여러 문화적 특성을 고려한 장기적 안목의 기획이었다.

요즘 세계 여러 나라에서 주목받는 한국인 셰프 이야기가 수시로 언론을 장식한다. 자세히 들여다보면 어느 날 갑자기 된장, 비빔밥으로 명성을 얻은 것이 아니라 철저한 현지화로 그들의 문화에 스며든 뒤에 얻은 결실이다. 얼치기의 섣부른 도전으로 성공을 기대하기란 불가능한 세상이다. 미리부터 준비한 철저한 지역전문가만이 성공을 예약할 수 있고, 반드시 그리 된다!

국제화 뒷바라지, 정부와 사회의 몫이다

내게 해외출장은 언제나 전투와 같다. 빠듯한 스케줄에 따라 한눈 한번 팔 시간 없이 돌아치다 밤이 늦어서야 호텔로 돌아온다. 녹초가 된 몸뚱이를 그대로 눕히고 싶지만 밤늦게나 새벽이라도 버릇처럼 텔레비전 뉴스를 켠다. 현지어를 알아들을 수는 없지만 미국 CNN, 영국 BBC, 일본 NHK, 중국 CCTV 영어방송 등은 어디서나 시청할 수 있다. 국내의 중요한 소식도 그들 방송을 통해 접하게 될 때가 있다.

미국, 영국, 일본, 중국 등 대국은 모두 국제뉴스 전문 채널을 가지고 있다. 하루 종일 세계 곳곳의 뉴스를 실시간으로 전하고 객관적인 분석을 더한다. 큰 사건, 사고에서부터 정치, 경제, 사회, 문화, 지역개발 등등 심지어는 인터넷을 달구는 핫뉴스까지 방송한다. 국내에 앉아 있어도 수시로 채널을 돌려 뉴스를 보는 것만으로도 세계의 흐름을 실시간으로 알 수 있다. 반면 우리나라에는 없다. 방송 뉴스에서 국제 부분이 차지하는 비중은 극히 미미하다. 신문도 기껏 한 개 면 정도이고 중요 뉴스 위주로 한정되어 있다. 몇몇 특집기사나 방송의 프로그램이 있기는 하지만 세계의 흐름을 실시간으로 파악하기에는 턱없이 부족하다. 심지어는 전문 인터넷 사이트도 없다. 입으로만 세계화, 국제화를 달고 사는 우리의 열악한 현실이다.

전문은 디테일이다. 전문가라면 자신의 분야에서만은 현지인의 혀를 내두르게 해야 한다. 하지만 우리가 접하는 국제 분야의 공공정보에는 얼치기까지 난무한다.

수시로 접하는 예가 있다. 중국의 4대 요리로 '북경(北京: 베이징)요리'가 빠지지 않는다. 중국인들이 들으면 아이들도 웃는다. 중국에는 '북경짜장면(炒醬麵: 차오장멘)'은 있어도 '북경요리'는 없다. '산동(山東: 산동)요리' '회양(淮揚: 화이양)요리' '사천(四川: 쓰촨)요리' '광동(廣東: 광둥)요리'가 4대 요리이다. 그럼에도 공영방송에서까지 버젓이 북경요리 운운한다.

상하이 고급 식당에서 사천요리를 제대로 맛봤다는 사람들도 있다. 상하이뿐 아니라 중국 어느 도시에나 사천요리 식당은 있다.

특히 화려한 실내장식으로 도시의 여유 있는 사람이나 관광객을 상대하는 고급식당은 현지에 순화한 퓨전음식이지 절대 진짜 사천음식을 내놓는 식당이 아니다. 차라리 사천성 출신 가난한 농민공들이 모여 사는 뒷골목이라면 모를까, 도시의 고급 퓨전식당에서 사천요리의 진수를 맛봤다고 자부하면 현지화나 디테일의 전문가는 싹부터 그른 것이 된다.

잘못된 정보는 말할 것도 없지만 우리가 접하는 정보의 폭은 너무 표피적이기도 하다.

러시아 연해주는 머지않아 우리의 정치, 경제 등 여러 분야에서 크게 한 축이 될 것이 분명하다. 그러나 지금 우리는 연해주에 관해 일제 강점기 항일투쟁, 고려인의 애환 같은 감성적 정보를 우선으로 다룬다. 더하여 '민족의 시원 바이칼' 운운으로 접근하면 감상은 극에 달해 자칫 러시아인들의 오해를 살까 염려스러울 정도다. 시베리아와 연해주 지역이 러시아에서 갖는 의미, 지역 내 독립공화국 각각의 역할, 그들 각각의 역사와 문화 배경, 지역의 풍습과 사람들의 의식, 환경과 자원 등 보다 객관적이고 깊이 있는 정보가 축적되어야 때가 무르익으면 그들과 호혜적이고 미래지향적 협상을 주도할 수 있고, 준비된 전문가들이 앞장서 실수와 착오를 줄이며 성과의 속도를 높일 수 있다.

러시아뿐 아니라 인도, 동유럽, 아시아 각국 등 갈 수 있는 곳, 가야할 곳은 무수히 많지만 정보가 없으면 꿈을 꿀 수 없고, 준비는 더욱 불가능하다. 일부 채널의 다큐멘터리가 있기는 하지만 그리 실용적으로 보이지도 않을 뿐더러 너무 길다. 가뜩이나 쫓기는 현대인 특히 무엇인가 찾으려 서두는 젊은이들의 눈길을 붙잡기에는 너무 여유롭다. 짧게 핵심을 찾아 강조하는 뉴스, 그에 대해 흥미를 유발할 수 있는 평론, 길지 않은 특집, 그 다음에 심층적으로 파헤치는 다큐멘터리 순서가 되면 효과적이지 않겠는가. 공영방송의 채널 하나, 혹은 케이블 뉴스나 종편 채널 하나를, 경제성이 문제라면 공적자금 지원을 통해서라도 방법을 강구할 일이다.

이렇게 가는 것이 옳고 좋다라는 전제를 세워 이끌어 가려는 '국민교육헌장'식 교육의 시대는 끝났다. 그것은 설령 국가의 능력이라 할지라도 불가능할 만큼 세상이 다양해졌기 때문이다.

다양하고 광범위한 세상의 흐름을 있는 그대로 찾아서 가능한 모두 보여주는 것이 우선 필요하다. 그러면 눈이 떠지는 자는 저마다의 개성이나 포부, 가능성에 따라 더 많은 정보를 찾아 나설 것이다. 그때 보다 깊은 정보를 수월하게 접근할 수 있도록 준비하고 이끌어주는 사회 시스템이 개인과 사회, 국가 발전의 길이 되지 않겠는가 묻는다.

PRIDE

잘난 청춘, 최고로 앞서 가라

관건은 안목이다. 최고를 만들어내기 위해서는 최고를 생각할 수 있어야 하고, 생각할 수 있기 위해서는 최고의 안목을 가져야 한다. 그 안목은 자신이 최고임을 스스로 믿는 자신감으로, 오늘 최고라는 것에 두려움 없는 시선으로 맞서 직시하며 더 나은 최고를 꿈꾸는 것에서 비롯된다.

쫄지 마라 청춘,
그대들은 최고다!

매일 아침 프랑스 파리에서 영국 런던으로 향하는 첫 비행기에는 갓 구워낸 빵이 보온 상자에 담겨 실린다. 비행기가 히드로 공항에 도착하면 대기하고 있던 난방차량이 보온 상자를 받아 런던 시내 부호들의 집으로 배달하고, 아침식탁에는 따스한 온기를 유지한 프랑스빵이 오른다. 최고에 대한 추구는 맛에서조차 일반의 상식을 초월하는 것이다.

대한민국 미래세대가 지향할 길은 최상류, 최고급이 되어야 한다. 유형의 상품뿐 아니라 서비스와 같은 무형상품 역시 마찬가지다. 부가가치가 월등히 높기도 하고, 이미 인건비 등의 생산 코스트에서 경쟁력을 잃은 우리에게는 유일한 발전 지속의 길이기도 하다. 그렇지만 최상, 최고. 그것도 '세계 최고'라면 왠지 아득히 먼 곳에 있는 남의 일 같기도 하고, 일단 쫄려서 엄두가 나지 않기도 한다.

그럴 만하다. 명색 세계 최고라면 걸맞은 시설과 장비, 자금은 물론 수재 급 인재와 그를 뒷받침할 탄탄한 시스템 정도는 기본적으로 갖춰져야 엄두나마 내볼 수 있을 것 같으니 말이다. 그래서 최고라면 으레 대기업, 국영기관, 국가인증이나 우수대학의 지원을 받는 첨단기업의 몫이려니 생각한다. 어쩌면 모두가 대기업을 비롯한 덩치 큰 직장에 목을 매는 것도 그런 최고의 그늘에서 흔들리지 않는 안정을 얻으려는 소극적 기대 때문인지도 모른다. 그러나 최고는 그렇게 멀리, 아무나 꿈꿀 수 없는 그리 대단하기만 한 것은 아니다.

물론 아주 많은 돈과 시간을 투자하여 개발해내는 최고도 있다. 그러나 그 또한 작은 아이디어나 발상의 전환이 시작인 경우가 대부분이며, 많은 부분에서는 아이디어와 발상 그 자체가 곧바로 상품이 되기도 한다. 이를테면 디자인과 같은 것이다. 흔하게 쓰는 일상용품, 날마다 입는 옷 등 대수롭지 않게 여겨지는 것들의 변화에서도 추구할 수 있는 것이 최고이다.

관건은 안목이다. 최고를 만들어내기 위해서는 최고를 생각할 수 있어야 하고, 생각할 수 있기 위해서는 최고의 안목을 가져야 한다. 그 안목은 자신이 최고임을 스스로 믿는 자신감으로, 오늘 최고라는 것에 두려움 없는 시선으로 맞서 직시하며 더 나은 최고를 꿈꾸는 것에서 비롯된다.

최고는 오늘의 최고가 그 바탕이 되기 십상이다. 여행을 가면 그 나라, 그 도시의 최고를 찾아 왜 최고인지를 생각하는 것이 먼저이다. 막연히 우러르며 사진이나 찍어서는 또 다른 최고를 꿈꿀 수 없을뿐더러 영원히 뛰어넘을 수도 없다.

인류의 역사가 보존된 박물관, 예술의 명작이 전시된 미술관은 절대 그냥 지나쳐서는 안 된다. 인류 문명 발전의 정수와 인간이 향수享受하는 최고의 아름다움이 들어있는 그곳은 영원히 멈추지 않을 진보의 방향과 이상理想의 길을 품고 있기 때문이다. 한 끼 밥을 굶더라도 그 나라, 그 도시가 환호하는 공연은 반드시 보아야 한다. 음악, 무용, 가극 등에는 그들이 품은 꿈과 환상이 오롯이 담겨있는 데다 그것을 감상하는 자세와 태도에서는 그들이 추구하는 격식도 드러난다. 꿈과 환상, 격식까지 알게 된다면 그들의 마음을 사로잡는 건 시간문제다.

오늘 최고의 상품을 직접 구매할 수 없는 건 상관없다. 오히려 욕구를 버린(혹은 포기한) 평정平靜한 눈으로 왜 사람들이 그것에 열광하고, 어떤 것은 비슷함에도 무심한지 그 차이와 감각을 꿰뚫어야 한다. 주머니가 비어 있어도 두 발과 눈만 있으면 가능한 일이다. 최고의 백화점, 최고의 보석점, 최고의 명품점 등 최고를 발과 눈으로 먼저 섭렵하라. 아이쇼핑으로 안목을 높여 내일에는 오늘의 그것들보다 더 나은, 세계인이 열광할 최고를 직접 디자인하고 만들어라.

그래도 최고의 서비스는 한 번쯤 직접 체험해봐야 된다. 열흘 내지 보름 동안 기차역 쪽잠을 자더라도 청춘에 최고급 호텔에서 하룻밤을 묵으며 어떤 시설, 어떤 서비스가 사람을 감동하게 하는지 느껴봐야 최고의 감동과 서비스를 구상하고 제공할 수 있기 때문이다. 정히 어려우면 하다못해 로비에서 커피 한 잔을 시켜놓고 하루 종일 버티며 드나드는 고객, 그들을 대하는 호텔리어들의 눈빛, 몸짓이라도 살펴봐라.

최고의 레스토랑이라는 소문이 들리거든 기꺼이 찾아가라. 그 최고라는 맛이 도대체 어떤 것인지 찬찬히 음미하며 영혼의 미각을 깨우고 상상의 나래를 펴라. 최고를 위해 기꺼이 지갑을 여는 사람들, 그들의 미각에 청춘의 상상을 더하면 그게 또 다른 최고가 될 수 있는 것이다.

중국인 대부분은 아침식사를 거르지 않는다. 서민들은 집 근처 식당에서 유타오(油条:기름에 튀긴 꽈배기 모양의 밀가루 빵), 만터우(馒头:소를 넣지 않고 찐 밀가루 빵) 따위를 따뜻한 콩국물이나 맑은 순두부 등과 같이 먹는다. 부호들도 집안 도우미가 만든 비슷한 음식을 먹다가 한국산 '쿠쿠' 전기밥솥이 들어간 뒤부터 밥을 차려 먹기도 한다. 더군다나 건강에 대한 중국인들의 관심은 역사적이기까지 하다.

한국의 맑은 물로 손질한 유기농 채소에 신선한 수삼水蔘까지 곁들인 샐러드, 느끼하지 않고 부드러운 유타오, 텁텁하지 않고 담백한 만터우, 혹은 향긋한 산나물무침과 같은 중국인의 입맛에 맞는, 혹은 변화시킬 수 있는 식단이 개발된다면 매일 아침 한국에서 출발하는 베이징행, 상하이행 첫 비행기에 그들의 아침식사가 실리게 될지도 모른다.

쫄지 마라, 청춘. 그대들은 최고의 운명으로 태어났다. 지갑이 얇다는 것이 걸림돌이 될 순 없다. 두 발로 찾아다니며 최고의 시각으로 보고, 감수성 깊은 영혼으로 느끼면 무엇이든 가능하거늘.

기막힌 유산, '빨리빨리' DNA

근대화 초기 우리나라의 대표적 수출품은 가발과 같은 경공업 제품이었다. 뒤이어 철강, 자동차, 조선 같은 중공업 제품을 거쳐 반도체, 휴대전화 등의 첨단 IT관련 제품으로 이어지고 있다.

오늘을 사는 청춘의 눈으로 보면 '그게 뭐?' 할 수 있다. 그러나 1960년대에 시작해 2000년대까지 불과 40~50년 사이에, 그것도 국가 차원의 수출 전략품목으로 그처럼 급속히 변화한 예는 찾아보기 쉽지 않다. 잘 살아보겠다는 집념도 있었지만 그 집념을 뒷받침해준 '빨리빨리'의 유전자가 있었기 때문에 가능한 일이었다.

자원이라고는 사람뿐이었던 나라, 교육열이 높았다고는 하지만 앞선 선진국에 비하면 터무니없이 뒤처져 있던 지식지표, 일부 엘리트층과 보통시민 사이의 엄청난 괴리. 그와 같은 현상은 자원 부분을 제외하고는 세계 대부분의 나라가 다르지 않았고, 지금도 여전한 곳이 다수이다. 그런데도 유독 대한민국만이 그 괴리를 뛰어넘어 세계 10위권의 경제 강국으로 도약했고, 여전히 지켜나가고 있다.

민족의 총명함이 다른 나라에 비해 보편적으로 앞선 면도 일부 작용했을 것이다. 세계 최빈국 중 하나에서 이만큼 성장하는 데에는 '우물가에서 숭늉 찾기'라는 비난과 자성도 있었지만, 빨리 습득하고, 빨리 따라가고, 빨리 변화하는 즉 '빨리빨리'로 좇아가고, 마침내 앞서가기 시작한 DNA의 역할이 분명 컸을 것이다.

'빨리빨리'의 성과는 여전히 눈부시다. 요즘의 중국이 그 생생한 모습을 보여주고 있다. 오늘날 중국에서 '만만디慢慢地'는 말만 남아있을 뿐이다. 우마차와 벤츠가 공존하던 것이 불과 20여 년 전인데, 이제는 '알리바바'라는 인터넷 쇼핑 업체가 세계의 주목을 받고 있다. 유선전화가 제대로 보급되기도 전에 휴대전화 세상이 되더니 어느새 샤오미小米 스마트폰과 IT제품이 세계 시장을 흔들며 우리 기업마저 위협하고 있다. 그렇지만 결코 쫄 건 없다.

모든 창조는 모방이 그 시작이었다. 우리도 근대화 초기에는 일본을 비롯한 선진국의 앞선 기술 습득에 의존한 바가 컸다. 그러나 오늘 중국의 그것과는 분명히 다르다. 지금 중국은 전면적 모방으로 '콰이콰이(快快:빨리빨리)'의 신화를 써 나가고 있다. 13억 내수 시장을 기반으로 만든 합작기업을 통한 기술습득, 다국적 선진기업을 통째로 인수하는 첨단기술 확보는 기본이며 탓할 수 없는 합법적 방법이기도 하다. 그렇지만 GM코리아의 '마티즈2'를 노골적으로 베낀 체리CHERY자동차 'QQ'의 사례는 최소한의 염치조차 없는 행태다.

새삼스레 그들의 불법을 비난하자는 이야기가 아니다. 지금 우리를 위협하는 '콰이콰이'의 실상이 그렇다는 것이다. 물론 샤오미를 비롯한 일부에서는 변화의 시도와 성공이 있기도 하다. 그렇지만 빠른 중에도 하나하나 발전단계를 밟은 우리와 발전단계를 듬성듬성 건너뛴 중국이 같을 수는 없다. 탄탄한 기본을 갖춘 매끄러움과 무리한 속도전의 거칠음은 금세 드러날 것이기 때문이다.

'빨리빨리'는 기본적으로 속도 개념이지만 변화에도 적용된다. 최초의 모방에서 쉼 없이 변화를 창출하는, 그것도 눈부신 '빨리빨리'가 오늘의 대한민국을 있게 한 원동력이었다면 중국의 추격이 아무리 거세도 겁먹을 건 없다는 것이다.

지난 40여 년간 멈추지 않은 질주의 피로감 때문인지 성취감 덕분인지, 요즘에는 우리의 '빨리빨리' 유전자가 게을러 잠들어버

린 느낌이다. 여전히 우리 삶 곳곳에 그 흔적이 남아 있기는 하지만 그것은 진정한 '빨리빨리'가 아니라 욕망에 젖은 성마름일 뿐이기 때문이다.

근대화의 주역이었던 우리 아버지 세대의 피로감이라면 백번 이해하고 할 말도 없다. 그렇지만 아무래도 청년세대의 우울과 분노는 기막힌 유산을 왜곡한 조급한 부분도 있는 듯싶다. 이제 지친 아버지들을 대신해 청년세대들이 잠재된 유전자를 일깨워 과속에 도전해보았으면 한다. 무작정 모방이 아닌 변화의 '빨리빨리'는 우리들의 자랑스러운 유산임을 자부하면서 말이다.

어떤 희망도 도전의 용기 없이는 불가능하다

"공장을 해외로 이전하는 건 어떨까요? 대신 그쪽도 한국에 R&D센터를 설립하는 데 공동투자를 하겠답니다. 현지 생산기업에서 발생하는 수익의 일정지분을 지속적으로 지원하는 조건도 수락했고요."

"뭐하게 말도 안 통하는 다른 나라로 갑니까. 개성공단도 있는데요."

경제부지사를 하며 살펴보니 지역기업들 중 일부는 생산성도 떨어진 데다 환경오염을 유발하는 등의 원초적 한계도 있어 지역발전에 상당한 지장을 초래해 나름 상생의 방법을 모색하려 애썼다. 어렵게 아직 개발도상에 있는 제3국의 대기업을 설득해 그 나라로 공장을 이전하여 기술을 전수하고, 대신 양국 합작으로 한국에 R&D센터를 설립해 세계적 상품과 브랜드를 만들어보자는 합의에 성공했다.

당연히 지역기업이 반색하며 고마워할 줄 알았다. 그런데 '개성공단' 운운하며 딴청을 피우는 것이었다.

"현지에는 생산책임자와 회계 관계자만 보내면 됩니다. 어차피 환경기준은 점점 강화되는 추세이니 그에 맞게 설비개선을 하려면 엄청난 투자가 필요할 것 아닙니까. 또 투자를 하더라도 이미 밀리기 시작한 가격경쟁력을 극복하기는 쉽지 않을 테고요."

"그렇기는 하지만 우리가 애쓴다고 세계적 브랜드로 성공한다는 보장도 없잖습니까? 그런 명확하지도 않은 일에 우리가 왜요?"

말문이 막혔다. 혼자서 꿈에 부풀었다가 맥없이 돌아온 그날 오후, 실무에서 손을 놓은 한 기업의 회장이 저녁식사에 초대했다. 혹시나 하는 기대감에 망설이지 않고 나갔다.

"오전에 다녀가셨다는 이야기 들었습니다. 부끄럽습니다."

"무슨……?"

"그 사장 중에 한 녀석이 내 아들이오. 우리 때는 바늘구멍 같은 희망만 보여도 죽을 각오로 도전했는데 이제 그놈들은 안 그래요. 사실 개성공단도 내가 권했던 것이오. 그런데 이런저런 핑계를 대며 움직이지를 않더군요. 가만히 지켜보니 지금의 공장을 붙들고 있으면 언젠가는 골치 아픈 환경문제 때문에라도 국가가 수용할 텐데 뭣하게 굴러든 복덩어리를 제 손으로 내놓느냐 하는 속셈이더군요. 영악한 건지 이재에 밝은 것인지, 허허……. 아무튼 공직자로서 애쓰셨는데, 내가 자식을 잘못 키운 것 같아 부끄럽습니다."

그리 크지도 않은 중소기업들의 모임인 한 공단에서 겪었던 서글픈 실상

여자
아내
엄마

이다.

창업보다 수성이 어렵다는 말이 있기는 하다. 그렇다고 가만히 붙잡고 아무것도 하지 않는 것이 수성이 될 수는 없다. 무모한 투기나 불안한 도전은 삼갈 일이지만 한 발 더 나아가고, 한 단계 더 오르는 것이 진정한 수성이다. 최선의 방어는 공격이라고 했던가.

비단 물려받은 무엇이 있는 사람들만의 이야기도 아니다. 아니, 사실 우리 세대만 해도 최소한 기본적 교육이라는 자산은 물려받았다. 우수한 두뇌, 총명한 자질, '빨리빨리'의 유전자는 덤이고.

절박하고 물려받은 것 하나 없어 희망의 싹도 보이지 않던 시절의 아버지들은 스스로 희망을 찾고 만들었다. '북극에서 냉장고를 팔고 사막에서 보일러를 판다'는 우스개 같은 전설은 보이지 않는 희망을 그분들의 발로 찾아서 만든 진짜 '전설' 같은 결과였다. 제대로 교육 받지 못한 분들도 무수히 많았다. '간편 영어회화' 같은 책이 유행한 것은 그분들의 필수품이었기 때문이다. 기초적인 문장에 포켓 한영사전에서 찾은 단어를 조합해 더듬거리면서도 소통하고 상대를 설득했다. 열정의 도전, 포기하지 않는 끈기로 세계인의 마음을 연 것이다.

요즘은 어떤가. 대부분 영어는 기본적 소통은 가능한 수준이다. '코리아'라는 인지도는 세계 어느 나라에서도 긍정과 신뢰의 점수가 높다. 한국인의 입국을 제한하는 나라는 북한을 제외하고는 없다. 보이지 않고 수치로 나타낼 수는 없어도 격세지감의 든든한 유산이다.

어떤 꿈과 희망도 도전의 용기, 시작 없이는 몽상에 그칠 뿐이다. 넘어야할 벽이 높을수록, 건너야할 강이 깊을수록 필요한 것은 더 큰 용기다. 원망하고 탓하는 것만으로는 아무것도 이룰 수 없다. 억울할수록, 분노가 들끓을수록 용기를 내어 무엇이든 시작부터 하고 봐야 한다. 태생의 벽, 신분의 벽 따위는 나약한 마음을 더욱 나약하게 만들어 시작을 꿈꾸지 못하도록, 넘보지 못해 복종의 대가에 만족하게 하려는 위협일 뿐이다.

세상은 하나의 세상이 아니다. 우리의 아버지들은 전쟁의 폐허, 5천년의 가난, 배우지 못한 무지 속에서도 저마다의 세상을 개척해 성공을 일궜다. 일자리가 없으면 일자리를 만들었고, 손에 든 것이 없으면 공사판에 몸을 던져 땀으로 밑천을 만들었다. 그렇게 도전해 어떤 이는 성공하고 어떤 이는 미완으로 멈추기도 했고 어떤 이는 실패도 했다.

다른 이가 만들어 놓은 편하고 쉬운 자리는 당장은 빛으로 보여도 결국은 복종이고, 언제든 내몰릴 수 있는 그림자를 숨기고 있다. 그림자를 감춘 높은 벽보다는 저마다의 세상으로 스스로 빛이 되면 그들도 벽을 허물고 손을 내밀 게 될 것이다. 그러기 위해서는 일단 시작부터 해야 한다. 깨지면 다시 또 시작하면 된다. 더군다나 청춘이라는 특권을 가졌다면 그깟 한두 번의 실패쯤이야 무슨 대수이랴.

눈높이 낮추기에서 찾는 반전 매력

"저…… 학자금 융자신청 때문에……."

목구멍으로 말이 올라오지 않았다. 대구은행이었고, 지금도 기억나는 3번 창구. 은행원 손가락에 끼인 금반지는 예쁘다는 생각보다 두께가 부러웠던가?

연구보조금도 장학금도 변변치 않던 시절, 그렇게 대출통장과 함께한 석사 · 박사과정이었다.

"이 자료조사, 누가 했지?"

"이인선 씨가 했습니다."

"참 지독하게도 팠네. 이 많은 걸 어떻게……."

뒤늦게 무슨 척 하려는 뜻이 아니다. 솔직히 미래가 불투명한 학생 신분으로, 그것도 여성으로 세상살이에서 빚부터 걸머진다는 것은 못내 두려운 일이었다. 그래서 쫄지 않으려고, 금방 갚을 수 있을 것이라는 스스로의 확신을 위해 공부에 매달렸고, '봐, 잘 하잖아'를 연신 중얼거렸다. 어쩌면 그 빚의 무게가 멈추지 않는 내 동력이 되었는지도 모른다.

요즘도 씩씩하다는 소리를 자주 듣는다. 그렇지만 사실은 쫄아서는 시작조차 할 수 없기에 일단 들이대고 보는 것이다.

학자금대출이 청년세대의 어깨를 짓누른다는 비명은 어제오늘의 일이 아니다. 대출 그 자체보다도 졸업 후 곧바로 일자리로 연결되지 못하는 게 더 큰 까닭일 것이다.

목표는 있다. 자신의 능력을 고려한 것이기는 하지만 경쟁이 너무 치열하다는 것이 걸림돌이다. 아직 목표는 이루지 못했고 대출은 갚아야 하니 우선 다급한 대로 아르바이트 일자리라도 찾아 나설 수밖에 없는 노릇이다. 목표를 위한 준비와 아르바이트의 병행, 집중이 나눠지니 효율은 점점 떨어진다. 그렇지만 여전히 목표는 포기할 수 없다. 문제의 시점은 바로 거기다.

생각을 바꿔 한번쯤 눈높이를 낮춰보는 건 어떨까. 임시방편으로 눈높이를 낮추라는 것이 아니다. 발상의 전환이 될 수 있다는 것이다.

어차피 이제 평생직장은 사라지고 있는 세상이다. 공무원, 국영기업 등 이른바 '철밥통'으로 불리는 직장이 아직 남아 있기는 하지만 그 또한 오래지 않아 '철'의 갑옷을 벗게 될 것이다. 백세시대가 현실이 되고 있는 것은 더더욱 분명한 증거이다. 태어나 기본적인 교육을 받는 시간을 제외하면 철밥통조차 남은 절반의 생은 아무런 보장을 받지 못하게 될 테니 말이다. 끊임없이 능력을 개발해 전환하고 이동하는 삶이 지금 청년세대의 피할 수 없는 미래다.

광고인을 꿈꾸고 그 업종에 잠시 종사하다가 중국으로 건너가 인터넷 쇼핑사업으로 대박을 터트린 청년의 이야기를 책에서 읽은 적이 있다. 거기에 나온 '반드시 직장생활을 경험하는 것이 필요하다'는 청년의 말이 가슴에 와 닿았었다. 자신의 직접투자 없이 조직과 기업의 운영, 시장의 흐름을 경험하는 것. 어쩌면 미래의 직장은 그런 개념이 될지도 모른다. 반드시 창업이 아니라도 한 회사에서의 경험을 스스로 업그레이드해 다른 앞서가는 기업에 더 나은 대우로 이동하는.

좋은 직장으로 선망 받는 대기업은 거대한 축들이 수없이 맞물려 돌아가는 잘 짜인 시스템으로, 조직원 개개인은 그 축에 박힌 톱니바퀴 하나하나에 불과하다. 한 개인의 창의력이 빛을 발하기도 어렵지만 발한다 할지라도 그것은 시스템의 결과로 묻히기 십상이다. 그나마 그렇게라도 정년이 보장된다면 다행이겠지만 그 바늘구멍의 미래는 이미 예측하고 있는 바이다. 그래도 나는 요행히 살아남겠지? 천만에! 그런 생각 자체가 실패와 퇴출의 약속이다.

안다. 등골이 빠져라 뒷바라지 해준 부모님의 기대가 눈앞에서 어른거린다. 이미 버젓한 작장에 자리 잡은 친구들에게 속된 말로 쪽팔린다. 더욱 두려운 것은 사귀고 있는 이성친구와 헤어지게 될지도 모른다는 것이다. 시작부터 삐걱거린 미래에 대한 불안은 또 어떤가. 하지만 아니다, 쫄지 마라 청춘아!

눈높이를 낮추면 그만큼 어깨는 펴진다. 당당하게 생각을 말할 수 있고, 상사는 경청하며 고개를 끄덕이기도 한다. 위세에 눌리고 주눅 들어 따라가기만 하는 이의 눈에는 보이지 않지만, 신뢰받는 자신감으로 무장한 이는 변화와 발전가능성을 무한히 상상한다. 성과가 쌓이고 발전을 주도하면 같이 일해보자 손 내미는 곳이 늘어나고 몸값도 비싸진다.

부모와 친구, 애인은 물론 미래도 보장받을 수 있는 당당한 출발의 반전. 눈높이 낮추기로 도전할 수 있는 매력이다. '용꼬리 보다 뱀대가리'라는 말도 있잖은가.

포기하지 않으면
사양산업도 첨단이 된다

중국 상하이 출장길에 공항에서 'ERDOS(어얼뒤쓰)'라는 브랜드 광고판이 눈에 띄었다. 무심히 지나치려는데 베이징 등 중국 내 다른 공항에서도 보았던 기억이 떠올랐다. 광고판이 설치된 면적으로 보아서는 인지도를 높이려는 대규모 투자가 진행되고 있는 듯싶어 매장을 찾아갔다. 뜻밖에도 캐시미어 의류 브랜드였다. 명품에 대한 관심이 아니라 섬유도시 대구가 생각나 한참을 머물며 아이쇼핑을 했다.

돌아와 조사해보니 우리에게는 '오로도스'로 익숙한 내몽고자치주의 한 도시 이름이었고, 그 도시에서 생산되는 양모가 중국 전체 생산량의 3분의 1을 차지한다는 것이었다. 우리에게는 양이라는 동물 자체가 익숙하지 않다보니 캐시미어라면 그저 영국의 유명 브랜드만 생각했는데, 이제 중국이 오스트레일리아(24만5천

톤)에 이어 세계 2위의 양모 생산량(16만7천 톤 이상, 2014년 기준)을 바탕으로 세계시장에 도전하고 있는 것이었다.

어얼둬쓰 브랜드는 2014년 기준 155억7천만 위안(약 3조 원) 매출에 4억2100만 위안(약 800억 원)의 이윤을 얻은 것으로 조사되었다. 또한 매출은 증가하는 반면 이윤은 점점 떨어지고 있다는 보고도 있었다. 전부를 보지는 않았지만 공항 면세점에서 본 어얼둬쓰 상품에 대한 소감은 영국 유명 브랜드 제품에 비해서는 디자인부터 도무지 경쟁력을 갖추지 못했는데 가격은 비슷하니 구매욕이 일어날 리 없겠다는 것이었다. 그럼에도 그만한 매출이 발생한 것은 아마 중국인들의 애국쇼핑이 크게 기여했을 것이고, 매출에 비해 이윤이 줄어드는 것은 가격인하와 과도한 홍보비 등이 원인일 것이다. 이런 생각이 들었다. 저들의 자원과 시장에 우리의 디자인을 합작하면 어떨까 하는.

섬유도시로서 대구의 명성이 쇠퇴하고 있다. 경쟁력 있는 디자인에 특화해 다시 그 명성을 살리려 애를 쓰고는 있지만 가시적 성과는 별반 없는 듯싶다. 생산의 활성화가 뒷받침되지 않는 것이 가장 큰 원인일 것이다.

일반적으로 섬유산업은 사양산업으로 치부되기 일쑤다. 그러나 최고의 원단과 디자인이 조합하면 최고의 부가가치를 낳는 황금알의 선도 산업이 된다. 우리에게는 그럴 만한 능력도 있다. 유물로 전해져 오는 여러 복식服飾의 디자인을 보면 오늘 우리의 뛰어난 감각이 하루아침의 성과가 아니라 수천 년 동안 쌓여온 DNA의 성과이기에 운이 아니라 남들이 함부로 뛰어넘지 못할 능력이라는 것이다. 최고의 섬유 원단이 만들어지는 데는 좋은 물이 핵심적 조건 중 하나라고 한다. 이탈리아 밀라노는 그 조건을 갖추었지만 중국은 그 핵심 조건이 미흡하여 최고의 원단은 생산이 어렵다.

중국은 일류를 지향하는 마음은 급하지만 한계가 있다. 13억 내수시장과 막대한 자금력을 갖춘 중국, 우리가 그들의 손을 잡고 대구에는 최고 원단과 디자인을 위한 연구개발 기지를, 중국에는 생산기지를 만들어 한중합작 세계 일류 브랜드를 만들어 보는 도전은 어떨까 싶다.

꿈과 능력을 가지고도 제대로 된 기회를 얻지 못해 방황하는 청춘들을 위해 누군가 나서서 무엇이라도 해야 할 때이다. 쇠퇴하는 명성을 우두커니 지켜보는 사실상의 포기나, 실질적 효과로 이어지지 않는 예산투입은 낭비이며 청춘의 꿈을 시들게 하는 학대이다. 의식주와 관련된 산업은 영원히 사양斜陽이 될 수 없는, 언제나 첨단을 도모할 수 있는 기회의 산업이라는 것을 잊지 않으면 길이 보인다.

축제에서 찾는 산업, 청년에게 안성맞춤이다

참으로 축제를 즐기는 신명의 민족이다. 전국 곳곳에서 수시로 여러 주제의 축제가 열린다. 그렇지만 대부분의 축제가 축제 그 자체로서나 의도한 관광산업과의 연계로서나 기대에 미치지 못하는 것이 사실이고 예산낭비라는 비난을 듣기도 한다. 그렇지만 2013년 대구에서 시작된 치맥축제는 불과 3년 만에 축제로서 자리를 잡아 지속적 성공가능성을 보이고 있다. 그런데 특이한 것은 축제의 성공이 산업으로 이어지는 일반의 예와 달리 산업이 뒷받침 되어야 축제의 지속가능성이 완성될 수 있는 것이 대구 치맥축제라는 것이다.

치맥축제는 치킨과 맥주의 축제이다. 치킨은 앞으로도 다양하게 발전할 것이 분명하니 조금 오버해 퍼펙트라는 상찬으로 엄지손가락을 꼽을 수도 있다. 그런데 또 다른 핵심인 맥주는 근원적 문제다. 대구와 맥주는 지금으로서는 확실히 뜬금없기 때문이다. 그렇다고 처음부터 콘셉트를 잘못 잡은 것이라 할 수도 없다. 치킨축제는 뭔가 한쪽이 빈 것 같고 맥주축제는 혹여 제법 괜찮은 맥주가 있더라도 독일의 옥토버페스트가 너무 유명하니 치맥축제가 바른 기획이었다.

대구에 세계적인 맥주공장을 유치해야 하는 것이 아닌가 생각해 본 적이 있다. 맥주의 기본인 물은 좋으니 자본과 기술, 브랜드만 있으면 성공은 따 놓은 당상일 것이라는 생각으로.

한 영국 출신 칼럼리스트가 북한 대동강맥주의 맛을 칭찬하며 한국 맥주의 맛을 냉정히 비판한 적이 있다. 개인적으로 술맛은 잘 모르지만 그의 칼럼에 다수의 사람들이 동의하고, 그 후로 우리 맥주가 다양화되기 시작했다는 것은 알고 있다. 치맥축제의 미래 답은 바로 거기에 있지 않나 하는 생각이다.

반드시 대형자본과 유명 브랜드여야 한다는 우리의 고정관념은 여전하다. 창조를 저해하는 가장 큰 걸림돌일 수 있다. 독일맥주는 세계인의 사랑을 받기는 하지만 브랜드 파워에서는 벡스BECK'S 하나가 세계 10위권에 들 뿐이다. 그것도 2014년부터는 내수시장의 지원을 받는 중국맥주에 밀려 순위권 밖으로 밀려나고 말았다. 그렇지만 중국맥주를 제외하고 상위권을 장악하는 미국이나 다른 여타

나라의 맥주보다 독일맥주에 대한 평판이 일반적으로 훨씬 높다. 시장과 순위에 연연하지 않는 자신들의 'PRIDE'를 지켜나가는 데 최선을 다했기 때문이다.

반면 독일맥주는 보리몰트, 홉, 물, 효모 이외의 다른 재료는 사용할 수 없게 한 16세기 초반에 공포된 '맥주순수령'을 지금까지 지켜와 다양성면에서는 경쟁력이 뒤진다. 그러나 벨기에는 맥주 제조에 그러한 규제를 두지 않아 약초, 허브, 과일은 물론 지역별 환경에 따라 각각 달리 존재하는 미생물까지 활용해 맥주상표가 8백여 개에 이를 정도다. 그중 '스텔라 아토이스STELLA ARTOIS'는 2014년 맥주 브랜드 가치 세계 4위에 오르며 성장가능성에서도 기대치가 높다는 평을 받았다.

외형에 연연하지 않는 독일의 자존심, 벨기에의 다양성은 대구 치맥축제를 뒷받침할 맥주 대책의 교훈으로 삼을 만하다.

굳이 일정 규모가 필요한 공장에 집착할 필요는 없을 것 같다. 하우스 맥주가 활성화될 수 있도록 관련 교육을 제공하고 설비자금을 지원하는 정도에서 각자의 다양성을 끌어내는 정책이 대안이 될 수 있을 것이다. 생산자가 반드시 판매를 겸할 필요도 없다. 생산자와 판매자의 제휴로 다양성의 실험을 거치며 지속적 발전을 꾀하는 것이 오히려 바람직할 수도 있다. 자신의 창조가 경쟁에서 밀릴 때 투자의 부담이 덜할수록 전환이 쉽기 때문이다. 체계적인 기회만 제공된다면 적지 않은 청년과 중년이 나설 것은 분명하다.

치맥축제에 그야말로 다양한 맥주가 출시되어 평가받고 업그레이드되며 하나씩 브랜드로 정착되는 그것이 축제와 산업, 두 마리의 토끼를 모두 잡는 비법이지 않을까 싶다.

LIFE

100세 시대, 축복이 되어야 한다

무엇을 위했던 삶과 자신을 위하는 삶은 분명 다른 인생이다. 다른 무엇을 위한 삶은 자신의 마음을 소유하지 못한 주인 된 인생이 아니었다. 더군다나 치열하게 살아온 그만큼의 생이 또 남아 있다는 것은 여분이 아니라 또 다른 인생인데, 그 새로운 길에 유연하지 못하고 완고하다면 아무래도 고단함의 지속이지 않겠는가.

돌아 앉아 멀어지는 것을 관조할 수 있는 유연함

"김 선생은 오늘도 역방향이네요."

국회에서의 업무를 끝내고 다음 일정에 맞추기 위해 겨우 과속만 면한 채 서울역에 도착해 달음박질로 열차에 올라 내 좌석이 있는 객차로 이동하던 중 그를 만났다.

"어이구, 부지사님! 오늘도 슬라이딩 세이프네요. 그 나이에 매번 도루에 성공하는 체력이라니, 대단합니다."

1, 2분 전에 서울 서부역에 도착해 플랫폼까지 달려가면 열차에 탑승하는 것은 그야말로 야구의 도루에 가깝다. 김 선생은 한 차례 그 모습을 보았던 것이다.

"오늘은 순방향 좌석도 한가한데 왜 역방향이세요?"

"편하잖아요."

"역방향이 편하다고요? 멀미난다는 사람들도 있던데."

"부지사처럼 앞만 보고 쌩쌩 달리는 사람들은 관조의 편안함을 모르죠."

"열차 좌석 가지고 무슨 관조씩이나?"

김 선생이 통로 건너편 비어있는 좌석을 눈짓으로 가리키며 씩 웃었다.

"순방향으로 바깥 풍경을 보면 순식간에 다가와 쌩하고 지나가잖아요. 그럼 되돌아볼 틈도 없이 다시 새로운 풍경이 들이닥치고요. 나도 오랫동안 그렇게 살았고 익숙했죠. 그런데 어느 날 역방향으로 앉아 바깥 풍경을 보니 빠르게 지나가기는 하지만 그 멀어져 가는 풍경을 한참 동안 볼 수 있더군요. 그게 참 여유로웠어요."

빈 좌석에 앉아 차창 밖으로 고개를 돌리니 그의 말대로 풍경이 스쳐가기는 해도 여전히 눈앞에 있었고 멀어지는 모습이 느긋하니 새로웠다.

"마음이 바빠지지는 않네요."

"부지사께서야 현직이니 여전히 앞을 보고 나가야겠지만, 나 같이 한발 떨어진 사람은 돌아서 멀어지는 모습을 지켜봐야 두 번째 인생을 살아갈 수 있지 않겠어요? 그렇게 앞을 보는 사람들이 놓친 모습을 지켜보고 조언해주는 것도 한몫 같고요."

김 선생도 한평생 치열한 삶을 살았던 사람인데 그런 유연함이 생긴 것이 놀라웠다. 그러나 바야흐로 장수시대로 '남은 생'이 아니라 '제2의 인생'을 살아야 할 사람들에게는 변화에 대처하는 유연함이 반드시 필요할 듯싶었다. 나는 과연 그럴 수 있을지…….

'너무 오래 살아 불행'이라는 자조의 푸념이 들리기 시작한다. 인류사상 처음으로 맞는 백세시대의 축복을 불행이라니! 여북했으면 그럴까마는 장수長壽 역사를 만든 선인들의 노력에 대한 배신이며, 인간을 사랑하는 신에 대한 반역이다.

배신과 반역이 되지 않고 축복을 감사가 되게 하려면 먼저는 유연함이다. 아무래도 나이가 들면 완고해지는 것이 일반적이다. 긴 세월 치열하게 살아오며 이뤄낸 것들이 적지 않으니 그럴 수밖에 없는 노릇이기는 하다. 그러나 그저 남은 삶이라면 자신이 걸어오던 길을 그대로 가도 어쩔 수 없겠지만 제2의 인생이라는 다른 삶이라면 이야기는 달라진다.

한 갑자(甲子:60년), 또는 청춘에서 시작해 머리카락이 희끗해지도록 온전히 자신만의 인생을 살아온 사람이 몇이나 될까. 대부분이 자식이든 가족이든 누군가를 위하며 살아온 삶이었다. 그 삶이 만족스럽든 여전히 부족하다 여기든, 설령 너무 미안하고 부끄러워 이제라도 제대로 바치는 삶이 되고 싶은 미련이 있다 할지라도 그것은 그야말로 미련이다. 누구라도 그만큼 살았으면 이제부터는 온전히 자신만을 위해서 살아갈 자격이 있다. 또한 그렇게 자신을 보살피며 사는 삶이 되어야 지금껏 위하며 마음 썼던 누군가가 그만큼 자유로울 수 있기도 하다.

무엇을 위했던 삶과 자신을 위하는 삶은 분명 다른 인생이다.

다른 무엇을 위한 삶은 자신의 마음을 소유하지 못한 주인 된 인생이 아니었다. 더군다나 치열하게 살아온 그만큼의 생이 또 남아 있다는 것은 여분이 아니라 또 다른 인생인데, 그 새로운 길에 유연하지 못하고 완고하다면 아무래도 고단함의 지속이지 않겠는가.

누구나 자신이 쌓아온 것에 대한 미련과 새로운 것에 대한 두려움은 있다. 그래도 제2의 인생을 축복으로 이어가려면 또 무엇인가를 '시작'해야 한다. 당연히 아직 자신에게서 완전히 떠나지 않은 가까운 것에 의지하려는 마음이 생긴다. 그렇지만 이미 이별을 고한 그것들이 얼마 동안이나 곁에 남을까.

좀 더 노골적으로 말하자면 아무리 당신이 최고였다 할지라도 떠나던 그 순간 이미 최고의 자리에서 내려온 것이다. 그리고 그 자리에는 벌써 누군가가 앉아 또 다른 최고로 역할을 다하고 있다. 당신이 최고일 수 있었던 것도 그 자리에 따르는 조직, 인력, 정보 등 많은 것들이 있었기 때문인 사실을 인정해야 한다. 또한 이제 당신에게는 시시각각 보충되는 그러한 것들이 없다는 사실도. 그러니 당신은 다시 과거의 영광을 탐낼 수 없는 것이다. 그럼에도 연緣에 의지해보려 한다면 비루하기도 하지만 오래지 않아 추억을 나눌 사람마저 잃어버리기 십상이다.

이별한 연을 다시 이으려 하는 것은 어리석은 미련이다. 놓아 버린 것은 그대로 두고서 온전히 새로운 시작을 해야 한다. 그래도 곰곰이 생각해 보면 다시 과거처럼 오직 목표만을 좇아야 할 이유는 없다는 것과 쌓아온 경험의 연륜이 든든한 뒷받침이 될 수 있다는 사실은 얼마나 다행인가. 흘러가는 것들을 유유히 관조하며, 진정 마음으로 즐길 수 있는 일을 찾아 다시 고단하지 않을 인생을 만들어 가야 지나간 청춘에 위로도 되지 않겠는가. 그러기 위해서는 다 비우지는 못하더라도 반드시 유연함은 갖춰야 할 일이다.

삼성이 망해도 나라를 지켜줄 장·청長·靑 연합

임금피크제가 시대의 화두로 부각되고 있다. 불만을 표출하는 장년층이 적지 않기는 하지만 모두의 공생을 위해서는 수용할 수밖에 없는 현실이다. 평생토록 땀 흘려 온 입장에서는 다소 억울하다는 생각이 들 수도 있다. 그렇지만 청년세대와의 일자리 나눔은 바로 내 아들딸의 문제이기도 하기에 결국은 자신의 부담을 덜어주는 일이기도 하다는 점을 외면해서는 안 된다. 어쨌거나 본질은 제2의 인생도 청년과 다름없이 일자리가 관건이기에 양보와 타협이 어렵다는 것이지만 눈길을 돌리면 길은 있다.

과감히 문제 제기를 해본다. '삼성이 망하면 대한민국이 망할 것인가?' 우리 경제계의 일반적 통념은 '그렇다'이거나 '극복하기 어려운

위기가 될 것이다'쯤이다. 그렇지만 '노키아NOKIA가 무너졌다고 핀란드가 무너졌는가?'라는 질문에는 단호히 'NO!'라고 답해야 한다.

모두가 아는 바와 같이 한때 세계 휴대폰 시장의 절반 가까이를 장악하던 노키아는 핀란드 경제의 주축이었다. 전성기이던 2007년, 노키아는 핀란드 경제 성장에 25% 가량을 기여했다. 전체 수출의 20%, 법인세의 23%, 연구개발비R&D 투자의 30%, 특허출원 43%.……

삼성이 우리 경제에서 차지하는 비중을 2012년 기준으로 보면, 비록 단순 매출액 기준이기는 하지만 국내총생산GDP의 23%를 차지하고, 법인세는 14%를 차지한다. 과거 노키아의 위상 못지않은 비중이다. 그러나 설령 삼성이 무너진다 하더라도 우리나라가 무너져서는 안 되고, 그렇게 되지 않도록 경제 체질을 튼튼히 해야 한다.

그렇다고 삼성과 같은 대기업이 우리나라 경제에 기여하는 바를 폄훼하려는 의도는 결코 아니다. 다만 노키아의 몰락으로 위기에 봉착했던 핀란드는 여전히 1인당 GDP 50,450달러(2014년 기준. 세계16위), 1인당 GNP 47,129달러(14위)로 건재하다는 사실을 인식하고 우리 경제구조를 다각화해야 한다는 뜻이다. 참고로 우리나라는 각각 28,738달러(33위), 24,328달러(32위)이다. 물론 국가GDP는 5천만과 550만의 인구 차이가 있으니 우리의 1조1,975억 달러(15위)에 비해 핀란드는 2,596억 달러(43위)에 그친다.

핀란드가 그와 같이 건재한 비결은 다름 아닌 중소기업의 창조 생태계 육성을 통해 창조경제 국가로 나아간 때문이다. '창조' '생태계' 등의 단어가 시류적時流的이라 고개가 갸웃거려진다면 '시장을 선도할 수 있는 기술력을 바탕으로 한 중소기업을 지원하고 육성해 경쟁력 높은 기술 강국'으로 나아간 것이라 바꿔 말할 수 있다.

우리 정부도 진작 그와 같은 계획을 마련하여 시행하고 있다. 문제는 창조적 기술이다. 지금 고민에 빠져 있는 장년의 인력은 대부분 탄탄한 기본과 숙련된 노하우를 갖추고 있다. 그러나 솔직히 시장을 선도할 창조에서는 경쟁력이 떨어진다. 발등의 불을 끄고 눈앞에 닥치는 과제를 해결하기도 벅찼으니 어쩔 수 없는 노릇이고 비웃을 일도 아니다. 해결책은 장년의 한계를 뛰어넘는 아이디어와 상상을 초월하는 발랄한 재기와의 악수, 바로 청년과의 연합이다.

유사 이래 청년세대의 발칙함과 무모함에 혀를 차지 않은 기성세대나, 반대로 기성세대를 고루함과 완고함으로 비판하고 반항하지 않은 청년세대는 없었다. 그래도 역사와 문명은 진보를 이어왔고, 언제나 반항과 도전에 나섰던 신세력이 주역이었다. 내 아이의 엉뚱한 상상력, 청년의 신뢰가지 않는 무모한 생각이 창조의 씨앗이라는 명확한 증거이다.

장년은 밭이 되고 청년은 그 기름진 밭에 씨앗을 뿌릴 수 있어야 한다. 청년의 아이디어는 설익었고 실험과 검증의 과정을 거쳐야 하며 서툴다. 장년은 그 아이디어의 실험과 검증에 완숙한 경륜으로 꽃을 피워 함께 상생을 추구할 수 있다.

세계적이라 내세울 이렇다 할 대기업 없이도 우리보다 월등히 높은 1인당 GDP, GNP를 기록하는 서유럽 강소국(强小國)은 핀란드뿐이 아니다. 그들 모두의 저력은 중소기업이 원천이다. 더군다나 우리는 세계적 규모의 기업도 여럿이다. 밀고 당기는 협력 체제만 갖추어진다면 그들보다 훨씬 유리한 상황이다. 그야말로 강소국이 아니라 경제 강대국으로 우뚝 설 수 있다. 다만 지나치게 대기업만을 지향하는 우리 눈높이를 먼저 낮춰야 한다. 아니다, 그것은 낮추는 것이 아니라 높이는 것이다. 피고용이 아니라 주인이 되는 길이니 말이다.

정부는 이미 각 지역별 특성에 따른 다양한 창조벨트로 경제 생태계를 구축하고 있다. 아쉬운 것은 아이디어와 경륜을 연결하는 보다 구체적이고 세밀한 체계 구축이다.

생명과 문화의 창조, 장년이 제격이다

장년의 이마에 가로진 주름은 그저 세월의 흔적이 아니라 경륜의 훈장이라는 것을 잠시 잊었다. 장년에게 새로운 도전은 무모함이 될 수 있지만, 한편 배려 깊고 세련된 멋은 깊다. 기술과 과학의 진보가 청년의 몫이라면 생명을 생각하는 깊은 배려는 장년이 훨씬 믿음직하다.

농업은 인간의 생존과 영원히 동반될 필수 산업이며 생명 산업이다. 그럼에도 오랫동안 노동집약의 1차 산업이라는 인식을 벗어나지 못하였고, 고령화로 신음하는 지경에까지 이르렀다. 하지만 일부 선진국에서는 진작부터 첨단기술과 결합한 농업으로 생산성 향상을 꾀하고 고부가 가치를 지향하고 있다. 이에 우리 정부도

2014년 5월 '농촌 융·복합 산업 육성 및 지원에 관한 법률'을 제정하고 2015년 6월 발효됐다. 또 지난 8월28일부터 3일간 국내 최대 창농創農박람회인 A Farm Show를 개최해 '창농 CEO 10만 양병'의 시동을 걸었다.

그런데 먼저 염두에 둬야 할 것이 있다. 생산성 향상이라고 해서 무조건 수확량을 늘려 소득을 높이는 것만 생각하지는 말자는 것이다. 경제성과 소득은 물론 중요하다. 그러나 익숙하지 않은 장년의 창농에서 부의 창출을 절대목표로 삼아서는 먼저 고된 노동을 떠오르게 해 엄두가 나지 않을 수 있다.

1995년, 일본 도쿄대학교의 이마무라 나라오미今村 奈良臣 교수는 '농업 6차 산업'을 제창했다. 생산(1차), 가공(2차), 유통·관광(3차)을 융·복합(1×2×3=6)하는 새로운 개념이다. 이를테면 유기농법으로 생산한 콩과 같은 작물로, 생명친화적인 된장·간장을 가공하여, 유통단계를 줄여 보다 합리적인 가격으로 소비자를 유인하며, 생산·가공 등의 과정을 체험관광 상품화하는 방식이다. 이미 우리 농촌에서도 일부 실행하고 있기는 하지만 그리 세련된 형태는 아니다.

한 시대를 저마다 치열하게 살아온 이들이다. 땀도 쏟았고, 좌절의 쓴맛도 보았으며, 성과의 기쁨도 누려 봤다. 그리 부끄럽지도 않지만 이제까지의 결과가 아주 만족스러운 것도 아니다. 힘차게 다시 뛸 의욕은 있는데, 몸이 예전만 못하다. 마음대로 몸이 따라주지 않을 때의 씁쓸함을 위로받고 싶기도 하다. 그렇지만 위로받는 것은 어색하고 여전히 무엇이든 베풀 수 있을 삶을 살고 싶은 이들이 장년이다.

이제껏 해온 수고만으로도 충분하니 일단 수익이니 성공이니 하는 생각은 접어 두자. 아내와 남편, 도회에서 고단한 삶을 시작한 자녀, 이제 가녀린 꽃망울로 시작하는 귀하디귀한 손자와 손녀, 그들의 생명과 건강을 지켜준다는 마음만으로 시작하는 건 어떨까.

까짓, 한철 농사 절반쯤 망치면 어떤가. 상품성은 없어도 식구들 먹을 만한 결실은 건지지 않겠는가. 그것으로 마음 가고 사랑하는 사람들을 생각하며 손맛에, 기다리는 시간까지 더하면 그게 바로 친환경, 최고의 건강 먹거리가 되는 것이다. 그렇게 해가 지나면 농사에 눈도 뜨일 테고, 가까운 이들부터 수확·가공을 시작으로 점차 생산과정까지 참여하는 체험관광으로 이어질 수도 있는 일이다. 그런 과정에 도시 삶의 경험과 경륜을 발휘하면 그야말로 6차 산업의 빛을 낼 수 있지 않겠는가.

장년은 생명, 자연, 환경 등을 생각하는 배려의 정신에서 앞선다. 농사는 물론 닭 한 마리, 돼지 한 마리를 길러도 환경을 생각해 분뇨 처리를 먼저 고민하고 실행하는 마음가짐으로 창농 성공의 또 다른 실마리를 찾아야 한다.

장년에 의한 농촌 변화와 성공의 결실을 보려면 국가도 제대로 지원에 나서야 한다. 전문가의 기술과 결합한 창농 지도는 기본이다. 농협을 통한 장기저리 융자 등의 지원도 따라야 할 것이다. 그런데 보다 중요한 것은 땅이다. 도시의 삶을 버리고 땅까지 매입해 창농에 나서기는 너무 두렵다. 정부와 지방자치단체가 보유한 토지 중 적절한 부지를 창농 단지로 개발해 장기임대를 하는 것은 어떨까? 100년쯤을 기한으로, 상속과 매매가 가능한 농지라면 훨씬 부담이 덜하고, 국가나 지자체의 소유인 한, 국가발전계획에 거스르는 용도변경 따위도 없을 테니 고려해볼 만하지 않은가. 과감한 발상의 전환을 기대해 본다.

'커피 나오셨습니다.' 하루에도 몇 차례씩 듣게 되는 말이다. '커피가 나오셨다'니? 말부터 틀린 서비스를 우리는 하고 받고 있다. 한마디로 세련되지 못한 억지이고 가식이다.

국가의 격格과 문화의 격은 사람에게서 나온다. 21세기 중점 산업인 관광, 문화 등의 핵심은 더구나 사람이며 세련됨이 척도이다. 세련은 배려하는 진심과 불거지는 돌출에 적응하는 노하우의 결합이다. 단기적인 교육만으로는 절대 충족할 수 없는 세련은 풍부한 경험만이 보충할 수 있다.

대부분 관광, 문화 선진국의 서비스 인력은 장년이 다수를 차지한다. 눈빛, 미소, 말, 동작, 대응…… 은근하고, 침착하며, 실수가 없어 편안하고 상호 존중하게 된다. 어린 청년 위주의, 그것도 교육마저 부실한 채 과잉서비스에 나서는 것은 우리만의 특징이 되어가고 있다. 과잉의 일상화는 청년의 주체의식을 잃게 하고 고객의 소위 '갑질'을 유발하기도 한다. 서로 존중하는 서비스문화로 전환되고 정착되어야 진정한 선진국으로 한 단계 더 올라갈 수 있다.

그렇다고 무작정 청년들의 일자리를 빼앗자는 이야기가 아니다. 청년에게는 내일을 설계할 수 있는 일자리를 제공하고, 장년에게는 경험으로 체력을 대체할 수 있는 일자리를 만들자 함이다. 땀을 흘리는 대신 더 높은 보수를 받으며 내일을 설계하는 청년, 경험의 세련으로 더 높은 서비스문화를 창조하고 향상시키는 장·청 상생의 방법을 정부부터 깊게 고민해야 한다.

최고의 복지, 일자리

'저런, 예의는커녕 눈곱만한 인정머리조차 없는…….'

저절로 혼잣말이 입술 사이로 새어 나왔다.

홍콩섬에서 가장 번잡한 쇼핑가 타임스퀘어의 한 건물 8층에 자리한 고급 광동요리 전문식당. 갑작스런 초청으로 방 예약이 되지 않아 홀에 앉기는 했지만 손님들은 하나같이 상류층으로 보였다. 그런데 얼추 80도는 꺾어진 구부정한 허리의 할머니가 유니폼 차림으로 요리 접시가 놓인 무거운 쟁반을 들고 불안한 걸음으로 다가오는데 근처의 젊은 종업원들은 하나같이 나 몰라라 아닌가. 아슬아슬…… 하필 그 요리가 우리 것이었는지 할머니가 걸음을 멈추기에 나도 몰래 벌떡 일어나 접시를 받으려했다.

"하지 마세요, 위험해요!"

단호한 목소리에 엉거주춤 전직 홍콩 행정부처의 장관을 지낸 초청자를 마주봤다.

"앉으세요."

눈빛은 부드러워졌지만 여전히 단호한 음성에 어쩔 수 없이 주저앉았다. 느리고 힘들어 보이기는 했지만 할머니가 탈 없이 회전받침 위에 접시를 내려놓고 뚜껑을 여니 두꺼운 돌 접시 위에서는 스테이크가 지글지글 열기를 내뿜는다. 입맛이 싹 가시는데 전직 장관은 회전판을 돌려 내 앞에 놓고 먼저 덜기를 권한다.

"대부분 한국 사람들이 그런 반응이더군요."

"무슨……?"

"노인에게 어찌 저런 힘든 일을 시키고 우두커니 지켜보는가 하는 반응 말입니다."

"아, 예……."

차마 그렇지 않느냐고 되물을 수 없어 어정쩡하게 얼버무렸다.

"여기는 종업원들이 테이블을 나눠 각자 서빙을 책임집니다. 할머니는 무슨 이유이건 정부의 복지수단으로 부족한 것이 있어 일자리를 찾았고, 이 식당주인은 사정을 딱하게 여겨 채용한 겁니다. 그런데 만일 다른 종업원들이 서로 돕고, 손님들까지 일어선다면 할머니는 결국 스스로 일자리를 내놓을 수밖에 없을 겁니다. 그럼 할머니는 어떻게 될까요? 동냥보다는 자신의 힘으로 일해서 벌겠다는 의지를 지켜주려면 같은 종업원 이상으로 대해서는 안 되는 일입니다. 일자리보다 더한 복지는 없을 테니까요."

그날 나는 제대로 한 수 배우며 고개를 숙였다.

'요람에서 무덤까지' 복지 선진국의 고전古典이다. 그러나 현실에서는 단 한 번도 없었고, 앞으로도 영원히 없을 것이다. 이제까지 흉내나마 내던 몇몇 북유럽 국가들도 손을 들기 시작한다. 국민의 일자리에서 발생한 수익에서 세금을 걷어 나누는 것이었고, 많이 걷을수록 넉넉히 나눌 수 있었는데 그 일자리라는 것이 속을 썩이기에 말이다.

우리 전통의 복지는 가족이었다. 부모는 자식의 요람을 책임지고, 장성한 자식은 부모의 무덤을 책임지는 가족 복지였다. 그렇지만 이제 가장 문제가 되는 무덤까지의 복지 '효'는 아이들이 너무 딱해 기대하지 않으련다.

가족복지의 등골을 휘게 하던 왕조가 사라지고 민주국가가 들어섰다. 세금을 내는 것은 왕조체제와 다를 바 없지만 이제는 당당하게 요구할 수 있다는 것이 가장 큰 변화이고 발전이다. 그렇지만 대한민국 역시 국민의 세금이 기반이니 한계가 있다. 거두는 것보다 써야할 곳이 많다면 국민의 불만은 팽창할 수밖에 없는 노릇, 이것이 현실이다. 물론 공평과세의 논란은 피할 수 없지만 여기서는 일단 묻어 두자.

없는 주머니 쥐어짜기는 모두의 파탄으로 귀결될 것이다. 파탄을 피하고 상생을 도모할 수 있는 가장 선량한 길은 일자리다. 절박한 최소한의 복지를 외면해서는 안 되지만 넉넉한 복지는 일자리 창출에서 찾는 것이 어떨지 진지하게 묻는다.

다수의 사람들이 일할 수 있을 만큼은 건강하다. 일자리가 없어 소일할 문화를 찾고, 복지라는 이름의 돈을 쏟아 붓는다. 노령의 노동력을 착취하자는 뜻은 아니다. 저마다의 능력에 맞는 다양한 일자리로 일과 문화적 휴식을 병행할 수 있는 방안을 찾는 것이다. 사적 기업에만 기대서는 결코 불가능하다. 자치단체, 공적기관이 머리를 맞대어 백년, 천년의 길을 찾아야 하고 정부는 전력 지원을 보장해야 한다.

'일자리보다 더한 복지는 없다'는 말이 머리에서 가슴으로 옮겨와 자리 잡은 지 오래다.

일자리 제자리 찾기

일자리 다툼이 노골화 되어 간다. 그럴 줄 알았다. 일자리는 명줄이니 어찌 선선히 응할 수 있을 텐가. '나도 아빠처럼 정규직으로 일하고 싶어요.'하는 딸의 소망은 눈물겹고, '이제 와서 자식의 이름으로 일자리를 뺏으려는 것이냐'는 아버지들의 볼멘소리는 한숨을 거둘 수 없게 한다. 누구에게도 네가 그르다 할 수 없으니, 어찌할꼬! 이 진퇴양난을…….

모든 살아가는 생명체에게 최우선이 되는 것은 자기 자신의 보존과 발전이다. 그럼에도 유독 부모의 처지가 되면 자식에게 최우선을 양보한다. 간혹 자식을 팔아 부모가 살아내는 역사가 있기는 했지만 그것은 파멸의 직전이었고, 반동의 탄생이었다. 그러나 그 또한 속을 제대로 들여다보면 부모 자신이 아니라 자식 하나나마 온전히 건져내기 위한 모진 발악이었다.

21세기 오늘의 어려움이 아무리 위중하다해도 결코 파멸의 전야는 아니다. 그러니 부모는 자식을 하나도 팔아서는 안 된다는 원칙이 전제되어야 한다. 자식은 부모의 또 다른 나이며, 그로써 부모의 생명과 역사가 면면히 이어지는 까닭도 있다. 안다. 그래도 억울하다. 맞다, 더구나 살아갈 날이 아직도 너무 많으니 말이다.

사랑, 어쩔 수 없는 사랑. 이번에도 사랑으로 답을 찾아야할 것 같다.

떠오르는 태양은 희망이다. 여명에는 설계를 하고, 아침에는 기초를 다지고, 해가 중천에 오르기 전에 하나씩 쌓아올리기 시작해야 한다. 정오가 되면 찌는 햇살에 굵은 땀방울을 흘려야 하고, 점점 달궈지는 뙤약볕 아래에서도 멈추지 말아야 한다. 그래야 석양의 서늘한 그늘에서 쓰윽 땀방울을 훔쳐내고 시원하게 목을 축일 수 있는 것이다.

저물어가는 태양은 아무리 장려하다 해도 그저 빛의 조화일 뿐이다. 빛나는 삶이었든 그늘진 삶이었든, 석양에 이르러 할 일은 오직 설거지뿐이다. 석양에 이르러서도 여전히 희망에 매달리면 그것은 구차한 미련이 된다. 떠오르는 태양에게 희망의 일자리를 내어주고, 걸림돌이 될 설거지에 나서 아름다운 일몰을 장식해야 한다.

지금 우리가 부닥친 혼란에는 일자리의 뒤엉킴도 한몫 차지하고 있다. 청년이 석양의 일자리를 배회하고 장년은 희망의 일자리를 붙잡고 놓으려 하지 않는 그것이다. 어쩌면 장년보다도 청년의 나약함과 게으름이 더 문제인지 모른다. 희망을 좇아야 할 청년이 안일한 삶만을 추구해서는 영광의 내일이 있을 수 없다. 희망을 향해 나아가는 길이 평탄할 수만은 결코 없다. 두려움과 고난을 이겨내야 찬란한 빛을 잡을 수 있다. 땀 흘리기를 망설이고 도전을 두려워하는 청년에게는 희망이 없다. 진정 자식을 사랑하는 부모라면 회초리라도 들어야 한다.

장년은 지금 그게 희망의 일자리라면 기꺼이 청년에게 나눠주고 양보해야 한다. 나약하고 게을러서 그늘로 숨어든 그들을 밝은 일자리로 끌어내고, 장년이 대신해야 한다. 희망의 맛을 본 자식의 환한 웃음을 생각하면 아까운 마음쯤은 달랠 수 있다. 그것이 진정한 부모의 사랑이며 보람이기도 할 테니, 결국은 자신을 사랑하는 길이다.

청년과 장년의 뒤엉킨 일자리를 각자의 일자리로 제대로 찾아주기 위한 유인과 지원, 규제와 같은 정부의 지혜가 절실한 때이다.

만능이 될 수 없는 국가

국가가 모든 것의 최선이 될 수 있다는 생각은 착각이고, 그리 할 수 있다는 약속은 사기다. 국가는 언제나 최소한이 될 수 있을 뿐이고, 그리 되어야 한다는 사실을 명심해야 한다. 혹여 모든 것을 책임지는 완전한 국가가 탄생한다면 그것은 인류 최악의 전제專制 비극으로 기록되고 말 것이다.

자유와 의지를 포기하는 돼지가 되지 않는, 인간이기 위한 투쟁이 인류의 역사였다. 국민의 생각, 자유, 의지의 포기를 담보로 평등이라는 거짓 이름의 잔치를 벌였던 공산정권의 몰락은 예정된 비극이었고 진실의 증명이었다. '완전한 평등'은 애초 실현불가능이었기에 왜곡은 필연이었고, 그것을 감추기 위해 억압은 갈수록 심해졌다.

교훈으로 삼아야 할 첫 번째는 '완전한 평등'이 아니라 '기회의 평등으로 자의적 발전과 행복 추구'이다. 이를 위한 저마다의 개성을 찾고 그 능력을 개발할 수 있는 다양하고 지속적인 교육지원이 국가의 책무이다.

두 번째는 자의적 발전이 불가능한 계층에 대한 인간다운 삶의 보장이다. 오늘날 일반적으로 말하는 '복지'의 핵심이며 국가의 권능이 가장 필요한 부분이다. 최소한의 인간다운 삶이 유지되지 않는 이웃의 존재는 사람을 불편하게 하고 불행과 불안감을 일으킨다. 최소한의 안전판이 확보되지 않은 사회는 도전과 창조의 발목을 잡기도 한다.

그러나 지금 복지의 권능을 수행하는 정부의 기능은 다분히 비효율적이다. 먼저는 기능이 권력으로 변질된 부패로 유사 이래의 난제이기도 하다. 지금 집행되고 있는 복지예산 규모만 해도 천문학적 액수인데 최소한의 인간다운 삶의 보장은 여전히 요원하고 요구는 갈수록 늘어나니 뭔가 이상하다. 아마도 우선순위의 혼란과 효율적 집중의 실패 때문일 것이다.

원인은 다양한 욕구 분출과 그에 대한 무분별한 수용이다. 한정된 예산으로 모든 요구를 다 들어주려면 '찔끔찔끔'으로라도 하는 척 할 수밖에 없고, 그런 과정에서는 담당 인력의 확보가 우선되는 등 복지 이외의 부분으로 소비되는 경우가 많으니 축소와 낭비가 될 수밖에 없다. 설득과 단호한 결정, 우선순위에 따른 효율적 집행으로 국민의 이해와 신뢰를 확보하는 정치와 정책이 필요하다.

세 번째는 '방안과 기회의 창출'이다. 사람은 누구나 생각 없는 평등보다는 자의적 발전을 추구한다. 다만 교육, 처지 등의 영향으로 발전의 계기를 찾지 못하거나 망설이는 것일 뿐이다. 그렇다면 국가는 다양한 방안을 창출해 기회를 열어줌으로써 각자의 발전을 유인하는 복지의 길을 추진하는 것이 바람직할 것이다. 국가는 모든 정보의 정점에 있기에 그것이 가능하고, 우리의 국력이면 경쟁력 또한 탁월할 것이 분명하다. 나누어주는 것으로 채울 수 없는 욕구의 한계를 기회의 제공으로 극복하는 것이 최선이다.

네 번째는 '자발적 복지에 대한 설득과 안전판으로서 국가 신뢰의 확보'이다. 즉, 욕구의 충족은 세금의 가중이 전제이며, 불특정 전체 국민의 균등이 국가의 목표이기에 개별적 욕구는 자발적 준비가 최선임을 설득해야 한다는 것이다. 다만 국가는 어떠한 경우라도 최소한의 인간다운 삶에 대한 안전판으로서의 역할은 포기하지 않을 것을 명확히 하고, 그 실천으로 국민의 신뢰를 얻어야 할 일이다.

WILL
우리의 의지, GREAT KOREA

'깨치고 일어나 끝내 이기리라!' 양희은 씨가 주로 부른 〈상록수〉의 후렴구다. 그때 우리는 그 후렴구에 가슴 뭉클하여 주먹을 불끈 쥐었다. 희망은 무엇이었을까? '1천만 불 수출' '1억 불 수출' '100억 불 수출' 그렇게 상상할 수 없었던 꿈이 점점 희망이 되면서 기적을 만들어 온 아버지들이 여전히 앞에 있었고, 기억이 살아있는 중년이 있었기에 어렴풋하나마 희망으로 삼았을 것이다..

강소국? NO!
목표는 강대국

대한민국이 지향할 목표를 강소국強小國에 두자는 견해가 있다. 롤 모델은 스위스와 같은 북유럽 강소국이다. 나름 근거는 있다. 지금 대한민국의 영토는 약 99,720㎢로 세계 109위에 불과하다. 스웨덴(450,295㎢), 핀란드(338,424㎢), 노르웨이(323,782㎢)에 못 미치고, 오스트리아(83,871㎢), 덴마크(43,094㎢), 스위스(41,277㎢), 네덜란드(37,354㎢)보다 비슷하거나 조금 큰 정도이다. 한반도 전체면적 역시 220,847㎢로 세계 85위에 그치며 북유럽 강소국과의 순위에는 변동이 없다.

인구수 면에서는 조금 다르다. 북유럽 강소국 중에서 가장 인구가 많은 네덜란드가 1,700만 명 정도이니 5천만(세계 26위) 가까운 우리가 월등히 앞선다.

경제력 면에서는 앞에서 일부 살펴본 대로 국민총생산액은 우리가 앞서지만 개인별 총생산에서는 그들이 앞선다. 또 하나 중요한 군사력 부분에서는 우리는 7위에 이르는 반면 그들은 가장 앞선 스웨덴이 24위에 그치는 정도이다.

군사력은 남북대치라는 특수한 상황이니 예외로 한다면 강소국을 지향하는 것이 옳을 듯 보이기도 한다. 그러나 시각을 달리하면 이야기는 완전히 달라진다.

세계 5대 강국으로 꼽히는 영국의 영토면적은 242,900㎢(80위)로 한반도 전체면적과 비슷한 정도이다. 인구 역시 약 6,300만 명(세계 22위)으로 현재 대한민국보다는 많지만 남북한을 합하면 우리가 앞선다. 그러나 경제규모는 우리의 두 배에 이르고 군사력도 세계 5위이다.

세계 3위 강국으로 꼽히는 일본 역시 경제규모는 우리의 3배에 이르지만 영토는 한반도 전체에 비해 3분의 1 정도 더 크고, 인구는 2배 정도이다.

통일이 전제된다면 영국을 뛰어넘고, 일본을 제치지 못할 까닭이 없다. 아니, 통일 이전에라도 우리가 하기에 따라서 얼마든지 그들과 어깨를 나란히 할 수 있을 것이다.

다급한 일자리 문제, 밝지 않은 경제 전망, 환태평양지역에 드

리운 중국발 먹구름, 보통국가를 명분으로 전쟁할 수 있는 나라를 노골화하는 일본의 들썩임, 언제 무슨 분란을 일으킬지 모르는 아슬아슬한 북한……. 어디 하나 만만한 구석은 없다. 그러니 국가의 기운 전체가 가라앉는 것도 어쩔 수 없는 노릇이기는 하다. 하지만 기운이 가라앉을수록 떨치고 일어서겠다는 굳은 각오가 필요하다.

지난 1997년 우리에게 닥쳤던 외환위기는 온 국민에게 엄청난 충격과 상실감을 안겨줬다. 대한민국이 그 환란을 박차고 일어나 오늘의 대한민국을 일구리라 예상하는 이들도 거의 없었다. 그러나 우리는 한강의 기적을 뛰어넘는 대한민국의 기적을 다시 일궈냈다.

'깨치고 일어나 끝내 이기리라!' 양희은 씨가 주로 부른 〈상록수〉의 후렴구다. 그때 우리는 그 후렴구에 가슴 뭉클하여 주먹을 불끈 쥐었다. 희망은 무엇이었을까? '1천만 불 수출' '1억 불 수출' '100억 불 수출' 그렇게 상상할 수 없었던 꿈이 점점 희망이 되면서 기적을 만들어 온 아버지들이 여전히 앞에 있었고, 기억이 살아있는 중년이 있었기에 어렴풋하나마 희망으로 삼았을 것이다.

시급하지만 기껏 일자리에 발목 잡혀 희망을 내려놓고 어깨를 늘어트린 채 전전긍긍할 수는 없다. 그래서는 영원히 뒤로 물러서게만 될 것이기 때문이다. 다시 꿈을 품어야 한다. 상상조차 할 수 없었던 꿈을 희망으로 바꾸고 마침내 일궈낸 우리 아버지어머니들이 있지 않았는가. 우리는 그보다 더 큰, 우리들의 꿈을 품어야 부끄럽지 않을 수 있다.

'GREAT KOREA' '강대국' '경제대국'이라는 우리가 품어야 하는 꿈이 있다. '깨치고 일어나 끝내 이기리라!'는 〈상록수〉는 다시 틀면 된다. 오늘을 극복하기 위해서는 위대한 꿈이 먼저다!

대한민국 영토,
지구촌

영토가 적어서는 대국을 꿈꿀 수 없을 뿐 아니라 생존조차 위협받기 일쑤다. 모든 국가가 전쟁으로 영토를 넓히고 지키며 역사를 써온 까닭이다. 그러나 우리 헌법은 제5조 1항에 '대한민국은 국제평화의 유지에 노력하고 침략적 전쟁을 부인한다.'고 명시해 영토 확장 수단으로 전쟁을 할 수 없게 했다. 또한 제2조는 '대한민국의 영토는 한반도와 그 부속도서로 한다.'고 규정했다. 하지만 통일을 이뤄 헌법이 규정한 한반도와 그 부속도서를 온전히 우리의 영토로 이용하게 되더라도 우리는 여전히 더 넓은 세상에 대한 갈증으로 목이 마를 것이다. 다행히 우리에게는 전쟁이 아닌 영토 확장의 다른 수단이 있다. 바로 사람이다.

이미 세계 어디를 가더라도 한민족의 핏줄을 만날 수 있는 세상이다. 당당히 대한민국 패스포트로 공부하거나 일하는 사람도 있고, 이민 1세대 혹은 2·3세대로 대한민국에 대한 진한 정을 품은 사람들도 있다. 진작 식상했지만 '지구촌'은 그렇게 여전히 유효하고 진행형이다. 총부리를 겨누는 전쟁이 아니고도 온 세상을 우리의 영토로 삼을 수 있는 것이다. 하지만 우리는 그 치열한 지구촌 영토경쟁에 이제 겨우 첨병을 내보낸 정도이다.

중국인의 핏줄인 화교華僑의 수는 대략 3천만 명 정도로 알려진다. 미국, 캐나다, 영국 등 선진국은 물론 아프리카나 남아메리카의 빈국에서까지 그들은 '차이나타운'이라는 자신들의 마을을 이루고, 모국 중국의 국력이 커지는 만큼 더욱 당당하게 정체성을 드러낸다. 도시국가로서 세계 경제 강국의 반열에 드는 싱가포르는 사실상 화교국가이기도 하다. 또한 말레이시아, 인도네시아 등지에서는 국부의 절반 가까이를 화교들이 차지해 갈등을 빚기도 한다.

중국이 1978년 죽의 장막을 걷어내고 개혁개방에 나섰을 때 가장 먼저 가장 적극적으로 투자에 나서 G2라는 오늘의 중국을 만든 원천도 화교, 그들이었다. 현재 전 세계 화교의 자본 규모는 약 3조5천억 달러에 이르는 것으로 집계되고 있다.

우리에게는 한상(韓商:해외에 거주하는 한민족 혈통의 비즈니스 종사자)이 있다. 그러나 한상 전체의 자본 규모조차 제대로 파악하지 못하고 있는 실정이다. 다만 매년 한국에서 열리고 있는 세계한상대회 참가자들이 자발적으로 밝힌 금액을 근거로 연간 100조 원 이상의 매출을 올리는 것으로 추정할 뿐이다.

미국 미용 관련 시장의 40퍼센트 이상을 점유하고 있는 한상들의 대표주자 로스앤젤레스 로열아이맥스의 정진철 회장은 '한국 정부는 이제껏 해외동포라는 황금덩어리를 두고도 활용하지 못하고 있다'는 쓴소리를 한 바 있다. 이에는 정부의 정책만이 아니라 세계적 네트워크에 둔감하고 국적에 민감한 우리의 편견도 한몫을 차지하고 있다.

중국은 화교 자본을 유치하고 유지하기 위해 다른 외국 투자자에 비해 다양한 우대정책을 실시한다. 그 결과 인건비 상승 등의 악재로 외국 투자기업의 철수가 이어지는 가운데도 화교 기업은 여전히 투자를 늘리고 있다. 또한 화교 투자자들은 그들만의 주거단지를 형성하는 등 위세를 보이기도 하지만 이에 대한 중국 내의 비난은 전혀 들리지 않는다. 우리의 경우와 비교해 봐야 할 부분이다.

투자유치뿐 아니라 우리 기업과 개인의 해외진출에서도 한상과의 교류를 더욱 적극적으로 확대해야 한다. 그들이 구축해 놓은 현지 네트워크를 이용하는 이점과 더불어 한상 자체를 더욱 키워야 하기 때문이다. 화교의 가족적 끈끈함은 세계적으로 정평이 나 있다. 그렇게 서로를 밀어주고 협력하는 힘이 오늘날 3조5천억 달러를 넘는 엄청난 자본을 형성하게 했고, 중국 경제발전의 원동력과 유지의 버팀목이 되고 있는 교훈이 바로 우리 곁에 있으니 말이다.

보다 중요한 것은 새로운 진출, 더 먼 미래를 내보다보는 청년 진출이다. 굳이 '세계화 인재' 운운에 매달릴 필요도 없다. 전쟁에는 장수와 더불어 수많은 병사도 필요하기 때문이다. 때로는 병사로 시작해 장수가 될 수도 있는 일이고. 문제는 과감한 진출에 필요한 정보, 교육, 지원정책이다. 이는 단순히 개인이나 일자리 차원의 문제가 아니라 우리의 경제 영토를 넓히는 일이라는 인식의 대전환이 필요하다.

선도 산업을 만들어라

'일본을 따라잡았다!' '중국이 좇아온다!' 경제, 기술과 관련한 언론보도에서 수시로 접하는 문구다. 맞다. 경제, 기술뿐 아니라 모든 것이 경쟁인 세상이고 날이 갈수록 치열해진다. 잠시라도 방심했다가는 뒤처져 영원히 좇아가지 못하게 될지 모른다.

자원부국은 자원이 고갈되거나 자원 체제가 바뀌면 하루아침에 빈국으로 추락할 수 있다. 석유부국들이 당면한 고민이다. 영토대국의 경우는 인구의 뒷받침으로 내수시장이 어느 정도 유지되면 아예 빈국으로까지 추락하지 않을 수는 있다. 중국의 경우다. 산업혁명을 기반으로 '해가 지지 않는 나라'의 신화를 일궜던 영국은 여전히 강대국의 면모를 과시한다. 산업혁명의 지속이 아니라 변신을 거듭하여 이제는 금융이 최대 기반이다. 북유럽의 강소국들 역시 선진국 반열에서 굳건하다. 수시로 변신하며 선도 산업을 만들어냈기 때문이다.

유라시아 대륙의 끝 작은 영토에서 식민지 침탈과 3년 동안의 참혹한 전쟁까지 겪은 세계 최빈국 대한민국의 오늘은 진정 기적이다. 더하여 지구촌 영토전쟁도 시작했다. 최소한 몰락의 빈국이 되지 않을 기반은 만든 셈이다. 그러나 반도체의 영광은 언제 저물지 모른다. 우수한 기술력이 아직은 경쟁력을 뒷받침해주고 있지만 간발의 차이로 좇아오는 상대가 수두룩하다. 중진국으로 떨어지지 않고 한 단계 더 뛰어 올라 진정한 강국이 되기 위해서는 지구촌 영토의 확대와 더불어 선도 산업의 변신을 이어가는 길뿐이다.

우주산업, 바이오산업, 친환경 에너지산업, 로봇산업 등 다양한 미래 먹거리 산업을 위한 노력과 경쟁 역시 치열하다. 최고의 과학 두뇌와 천문학적 규모의 돈이 투입되지만 반드시 성공하리라는 보장은 없다. 더 피를 말리게 하는 것은 시간과의 싸움이다. 먼저 개발해 선도하는 나라가 나타나면 2등으로는 빛을 보지 못한다. 그래도 한 국가의 수십 년, 백년 미래를 위한 도전이니 피할 수 없는 일이다. 기업의 힘만으로는 되지 않을 일이니 정부도 나서서 이끌고 지원한다. 문제는 가시적 성과에 상당한 시간이 걸린다는 것이다.

'경쟁하지 말고 독점하라. 경쟁은 루저들의 몫이다'

인터넷을 이용한 결제서비스 시스템 페이팔PayPal의 창업 멤버이자 〈제로 투 원Zero to One〉의 저자 피터 틸Peter Thiel의 말이다. 독점은 창조이고, 창조는 변화를 선도하는 것이니 선도 산업을 추구하라는 말이다.

앞에 든 미래 먹거리 산업과 다른 점이 있다면 크지 않은 투자 규모, 유동적인 사업수명, 원천 기술이 아닌 아이디어가 기반이라는 점 등일 것이다. 그러므로 재기 넘치는 청년들의 몫이 되기에 충분하다.

나는 우리 청년들의 무한한 잠재능력을 믿는다. 평생토록 과학을 공부하고, 이런저런 세상일에 나서 꽤 다양한 경험을 쌓았으면서도, 때로는 고등학교 재학생의 싱거운 농담 같은 이야기에 정신이 어찔하기도 한다. 상상의 기발함 때문이다, 그 막연한 상상을 발상으로 바꾸고 도전한다면 세상을 깜짝 놀라게 할 수도 있을 텐데 하는 생각이 든다. 그러나 언제나 거기까지다. 학생은 다시 참고서로 돌아가고 어른은 금세 잊어버린다.

청년의 발상이 도전으로 이어지려면 좌절과 실패가 상처와 멍에가 되지 않는 제도가 필요하다. '상상 발전소'가 되었건 '희망 창작소'가 되었건, 시행하는 모든 실험과 도전은 성공의 수혜는 있어도 실패의 책임은 없는 무한자유의 터전이 있었으면 하는 간절한 바람이다.

지금 지구촌 곳곳에서 일고 있는 한류 바람 역시 우리만의 특별한 상상력이 바탕이었을 것이다. 그러나 냉정히 평가해 구체적인 먹거리 산업은 아직 되지 못하거나 소수의 몫에 그친다. 산업이 되려면 파생 산업으로 확산되어 다수가 수혜를 나눌 수 있어야 한다.

동화 '구름빵'은 출판사의 초기 우월적 계약에 묶여 캐릭터, 애니메이션 등 다양한 방면에서 엄청난 수익을 올렸음에도 창작자에게는 아무런 수익이 돌아가지 않아 사회적 분노를 산 바 있다. 하지만 여전히 관련법 개정은 미뤄지고 있고, 손상된 이미지는 연관 산업의 확산에 장애가 되고 있다. 사회 곳곳에 도사리고 있는 '갑질'과 '탐욕'이 창작과 도전 의욕을 꺾고, 먹거리 산업으로의 발전을 가로막는 전형적인 경우다. 법에 의한 규제도 필요하지만 뒷일 걱정 없이 자유의 상상이 마음껏 나래를 펼 수 있는 공간도 필요하다.

수십 년, 백년의 앞날을 위한 준비도 필요하지만 1년 후, 5년 뒤에도 여전히 세상을 선도할 산업 역시 필요하다. 청년에게 눈을 돌리고, 그들의 신명을 뒷바라지 해줘야 할 이유이다.

대한민국 아일랜드island

어쨌거나 우리는 섬에서 살고 있다. 길을 걸어 국경을 넘어본 사람은 이제 거의 없으니 말이다. 그렇다고 예전의 섬나라 사람들처럼 편협하지는 않다. 걸어서 국경을 넘지는 못해도 비행기와 배를 통해 더 먼 곳을 수시로 넘나들기 때문이다.

그러나 듬성듬성 징검다리 건너듯 세상을 보는 것과 길을 따라 눈과 귀로 체험하는 것에는 커다란 차이가 있다. 점點은 원하고 필요한 것만 찾아서 보게 되지만 선線은 생각하지 않은 것도 접할 수 있는 다양한 기회가 주어져 새롭고 더 큰 꿈을 만들 수 있다. 점은 신속하고 효율적인 면에서 뛰어나지만 선은 크게 면을 만들어 그 안에 든 모든 것을 품을 수 있다.

우리는 본디 반도 국가였지만 고구려 발해는 대륙국가의 역사를 쓰기도 했다. 다시 그 영토를 되찾아 웅혼한 대륙 국가를 꿈꾸는 것은 평화에 역행하는 위험한 발상이 되겠지만, 우리의 땅과 같이 이용하는 것은 충분히 가능한 세상이다. 끝이 보이지 않는 도로와 철도를 달려 유라시아를 가로지르고 아프리카를 종단해 희망봉을 밟는 꿈, 청년이 꾸어야할 꿈이고 장년은 이루어서 넘겨줘야 할 의무이다.

섬에서 반도로, 다시 대륙을 경략하는 우리 청년의 원대한 꿈을 위해 가장 먼저 넘어야 할 고비는 통일이다. 통일은 그저 한민족의 숙원으로 하나 되는 것만이 목적이 아니다. 세계에서 가장 오랜 역사로 이어 온 나라, 5천년 장구한 역사가 빚은 찬란한 문화를 간직해 온 나라, 수없이 짓밟히고 쓰러져도 끊임없이 다시 일어나 마침내 세계 10위권의 반열에 오른 나라. 그런 대한민국과 한민족의 기운을 뭉쳐 더 크고 존중받는 나라로 나아가는 도정의 하나이다.

길을 열어야 한다. 끊어진 도로와 철도를 이어 부산과 목포에서 실은 화물이 중국과 몽골을 거쳐 시베리아를 횡단해 대륙으로 운송되고 이어서는 사람이 그 길을 다닐 수 있어야 한다. 북한 청년에게도 꿈을 심어줘야 한다. 남쪽의 휴전선, 북쪽의 두만강 압록강에 막혀 또 다른 섬사람이 되고 있는 그들에게 함께 손잡고 대륙으로 나가자는 희망의 화두를 던져줘야 한다.

길을 열기 위해서는 무엇이든 각오하고, 어떤 수단이든 망설이지 말아야 한다.

1997년 홍콩 반환을 앞두고 세계는 대부분 불안한 시각으로 '일국양제一國兩制'의 미래를 예측했다. 상류층을 형성하던 일부는 재산을 정리해 제3국으로 떠나기도 했고, 남은 사람들도 숨을 죽이며 눈치를 살폈다. 그러나 여전히 삐걱거리는 부분이 있기는 해도 홍콩의 부동산은 오늘도 변함없이 세계 최고가대를 형성한다. 그만큼 경제 전망이 밝고 미래 또한 안정적이고 긍정적이라는 상징이다.

중국과 대만의 '양안관계兩岸關係'는 홍콩과는 조금 다른 양상이기는 하지만 대화와 교류의 결과는 오늘날 진먼다오金門島가 가장 생생하게 보여주고 있다. 중국의 턱밑에 위치한 진먼다오는 1978년까지 수시로 포격전을 주고받던 화약고였지만 이제는 중국 푸젠福建성 샤먼夏門 사이에 정기항로가 열려있다.

우리의 공식 통일 방안은 '민족공동체통일방안'이고 북한의 통일 방안은 '고려연방제'이다. '7·4남북공동성명' '6.15남북공동선언'을 비롯한 여러 논의와 합의도 있었지만 모두 합의 그 자체로 끝나고 만 상태이다. 필요하다면 '일국양제' '양안관계' 등을 참고한 새로운 통일 방안을 처음부터 다시 만드는 것도 검토해야 한다. 중요한 것은 정권의 교체와 상관없이 지속적으로 추진될 수 있는 합의를 도출하는 것이며, 대륙으로 나가는 길을 여는 것으로 그 이행을 약속토록 하는 것이다.

김정은의 행보 중에서 가장 의미심장한 것은 할아버지 김일성과 아버지 김정일의 그늘을 걷어 내려는 꿈틀거림이다. 그의 의지에 불을 댕기는 것이 어쩌면 단초가 되지 않을까 생각된다.

통일은 대박이다!

2014년 1월 6일, 박근혜 대통령은 신년기자회견에서 '통일대박론'을 발표했다. 통일에 시큰둥하던 우리 국민들에게 제대로 불을 붙인 계기였다. 그럼 정말 통일은 대박일까? 감히 단언컨대 통일은 대박이 될 수 있다.

매장량 세계 최대로 추정되는 우라늄, 세계 마그네사이트 매장량의 절반, 무연탄 매장량 순위 세계 5위, 10위권의 금과 철광석, 그 밖에도 은, 아연, 텅스텐, 석회석 등 5백여 종의 지하자원 중 2백여 종은 경제적 가치가 높은 것으로 분석되고 있다. 현대 첨단산업의 비타민이라 불리는 희토류도 세계 최대 생산국 중국에 뒤지지 않는 매장량과 품질인 것으로 알려진다. 모두 북한 지하자원 현황으로 잠정가치는 작게는 6천조 원에서 많게는 1경 1천조 원에 이를 것으로 추정된다.

확인된 바에 의하면 수년 전부터 중국 베이징의 석유대학石油大學을 비롯한 여러 교육기관에서 북한 과학 인력이 석유 시추 관련 교육을 받고 있다. 북한 동쪽 영해 동한만과 서쪽 서한만 분지에 매장되어 있는 석유와 관련된 것으로 추정된다. 그 밖에도 북한 지역에는 온천, 안주, 길주 등 내륙 분지에도 매장되어 있으며 경제성도 그리 나쁘지 않은 것으로 알려진다.

점진적 통일을 전제로,

- 통합절차 개시 20년 이후 북한 지역 1인당 GDP는 남한 지역의 50% 수준 달성이 가능하다.
- 통일 한국의 GDP는 통합절차 개시 30~40년 이후 프랑스, 독일, 일본을 능가할 수 있다.
- 2050년 통일 한국의 GDP는 미국을 제외한 G7 회원국과 유사하거나 높을 것으로 전망된다.

2009년 9월, 세계적 투자은행 골드만삭스에서 〈통일 한국, 북한 리스크 재평가〉라는 보고서의 내용이다. 연구책임자는 하버드대학 경제학 박사 출신으로 IMF 모스크바 사무소 상주 대표 등을 역임한 한국 담당 이코노미스트 권구현 박사이다.

물론 북한 지역의 지하자원이 그 같은 밝은 전망에 한몫을 차지하기도 했다. 그러나 보다 큰 배경은 우리의 앞선 경제역량과 남북한 인적자원의 우수성, 체제 전환에 따른 장기적 성장 잠재력이다.

대박은 그것만이 아니다. 우리 청·장년들에게 무한한 양질의 일자리와 창업시장이 제공된다는 또 다른 대박도 있다. 불행한 일이지만 북한 인력은 그 잠재적 우수성에도 불구하고 당장 시장경제에 전면 투입하기는 어렵다.

남북한 통합절차가 시작되면 우리 기업을 필두로 세계적 기업들이 다수 북한에 진출하게 될 것이다. 대부분 내수시장보다는 수출시장을 겨냥한 기업들이다. 그러나 현재 북한 인력은 자본주의와 다른 사회주의 체제도 그렇지만 극단적 폐쇄에 따른 국제 감각 결여로, 차별이 아닌 한계가 있다. 경영이나 재무관리, 국제영업을 비롯하여 전반적인 부분에서 우리 인력이 이끌어 나가는 구도가 상당 기간 유지될 것이다. 각종 인프라 구축을 위한 건설 관련 산업, 현재도 대부분 중국에 의존하고 있는 경공업 생필품 시장 등은 또 어떻겠는가.

지금 우리 경제의 활로를 가로막는 가장 큰 요소는 고임금, 생산성 저하, 시장축소 등이다. 개성공단 사례에서 보듯 보다 낮은 임금으로 높은 생산성을 보이는 인력이 하루아침에 2천만 명 정도가 늘어난다면 수출시장에서의 경쟁력은 단번에 중국을 뛰어넘게 될 것이다. 북한지역 자체의 내수시장 역시 전면적 변화에 따른 욕구로 기하급수적 확대를 예상할 수 있다. 경제 활성화에 따른 남한지역 시장 역시 전반적으로 커질 것은 자명하니 과연 대박이지 않은가.

통일, 진정한 희망이고 대박이다!

통일 리스크,
준비하면 막을 수 있다

최소 10년간 188조 원~최대 30년간 5,800조 원.

우리 통일비용에 대한 예상으로 연구기관에 따라 무려 10배 이상의 편차를 보인다. 국회에 제출한 2016년 정부 예산안이 386조 7천억 원인 점을 감안하면 최대 예상비용의 경우 연간 193조 원에 이르니 그야말로 재앙이 될 수도 있다. 그러나 2015년 출범한 AIIB(아시아 인프라 투자은행)와 지금 박근혜 정부에서 추진하고 있는 '동북아개발은행'은 어떤 경우라도 큰 힘이 되어 예산부담을 줄여줄 수 있을 것이고, 민간에서는 자발적으로 통일기금 모금사업을 추진하고 있기도 하다.

염두에 둘 것은 토지의 활용이다. 현재 전면 국유화가 시행되고 있는 북한 지역의 토지는 그 활용에 있어 소유권 분양이 아닌 장기 임대제를 원칙으로 삼아야 할 것이다.

우리는 지난 경제개발 과정에서 토지의 분배와 활용에 있어 적지 않은 과오를 목격했다. 이로 인한 부의 편중과 집중, 확대 및 지속의 세습은 사회갈등의 근본요인이 되고 있을 뿐 아니라 국가 개발 비전에도 상당한 지장이 되고 있음을 알고 있다. 통일한국에서 다시 그와 같은 과오가 재발되어서는 안 된다. 특히 투기를 목적으로 한 투자는 통일비용에 혼란을 일으킬 것이며, 계획적이고 균형적 발전에도 장애가 될 것이 분명하다. 다만 해방 이전의 토지소유권, 현 북한 주민 거주지역에 대한 소유권 문제 등에 대해서는 특별한 연구의 대비가 있어야 할 것이다.

한반도 통일에 대해 가장 긍정적 비전을 제시한 골드만삭스 보고서의 전제 조건은'점진적 통일'이었음을 결코 소홀히 여겨서는 안 된다. 반드시 중국과 대만의 '양안관계'나 홍콩과의 '일국양제'가 아니더라도 우리 실정에 맞는 '점진적' 방안을 도출해 합의하는 시도가 필요하다.

만약 돌발적 변수가 불거져 통일과 유사한 상황이 급작스레 펼쳐지더라도 일시에 터져 나올 북한 주민의 요구와 내부적 혼란에 의연히 대처하며 '점진적' 상황을 주도해나가야 할 것이다. 이를 위해서는 예상되는 북한 난민에 대한 대처방안을 다양한 상황을 가정하여 미리 대비해야 한다.

미리 할 준비 중에서 가장 중요하고 시급한 것은 교육이다. 과학기술분야는 말할 것도 없지만 특히 재정, 경제, 금융, 행정, 전산 등의 분야는 북한 지역 안정화 과정에서 내부 인력의 협조와 주도가 반드시 필요하게 될 것이기에 미리 준비해 두어야 할 일이다.

현 북한 당국은 이러한 제안에 의심을 품고 반발할 수도 있을 것이다. 그러나 그들 역시 경제발전에 대한 욕구는 강한 만큼 관련 분야의 선진적 제도 학습은 자체적인 발전 정책에도 크게 도움이 되고 반드시 필요하다는 점을 들어 설득하면 실행 방법에 따라서는 가능할 수 있을 것이다.

지금 남북한에는 각각 '민족 화해 협력 범국민 협의회(이하 민화협)'가 민간기구로 마련되어 있다. 북한 민화협의 경우는 체제상 민간 자율성을 기대하기는 어렵지만 당장은 남북한 '민화협'이 교육사업의 주체로 나서는 것을 고려할 만하다.

북한과 지리적으로 가까운 중국 교육기관의 협조를 얻어 각 대학교에 관련된 과정을 개설하고, 단기·중기의 실무교육은 물론 석·박사 과정의 교육도 병행해 인재를 지속적으로 양성하는 대비는 통일과정에서 시행착오를 줄이는 것은 물론 그로 인한 통일비용의 절감도 상상 이상일 수 있을 것이다.

그 밖에도 다양한 분야의 대비가 있어야겠지만 무엇보다 중요한 것은 정부의 확고한 원칙과 병행해 미래를 대비하는 유연성이 아닐까 싶다. 어차피 통일은 숙제이고 필연이며, 북한 주민은 물론 우리에게도 새로운 도전과 번영의 기회를 줄 것이며 반드시 그렇게 만들어야 하는 일이기도 하니 말이다.

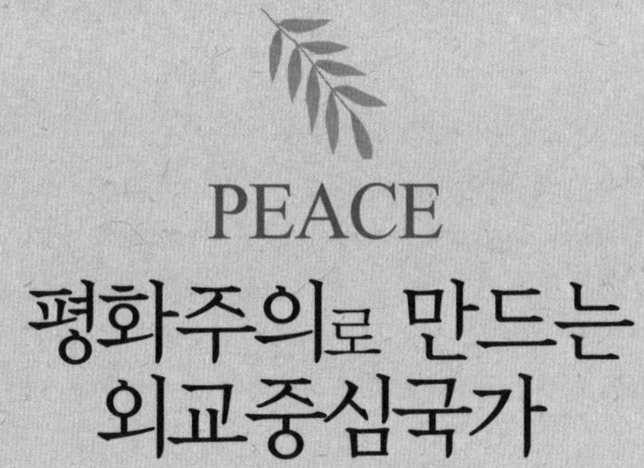

PEACE 평화주의로 만드는 외교중심국가

국가운영의 절반은 외교에 달려 있다. 국민의 제일 관심은 언제나 경제이지만 그 경제조차도 외교의 성패가 크게 영향을 미친다. 그럼에도 국정을 논의하는 국회에서 외교에 관한 심도 깊은 토의와 합의의 모습을 본 적은 별반 없다. 오히려 시급한 외교 현안에 대한 비준이나 심의조차 정쟁의 대상으로 삼아 국정과 경제의 발목을 잡기까지 한다.

다시 난기류에 휩싸인 동북아시아

120여 년 만에 다시 심상찮은 난기류가 동북아시아를 휘감고 있다. 그때 중국과 일본은 주역이었고, 서양세력과 러시아는 조역으로 뒤엉켜 있었다. 이번에는 비슷하면서도 조금 다른 양상이다.

일단 중국과 일본이 전면에 나선 주역인 것은 분명하다. 먼저 중국.

그때의 중국은 마치 역사의 거인이 눈을 감는 허망하고 비루한 모습이 어떤지를 보여주기 위한 항룡유회亢龍有悔의 서글픈 드라마 같았다. 그렇지만 역시 거인이었다. 밖에서는 포탄이 빗발처럼 날아들고, 안에서는 패로 갈려 총부리를 겨누면서도 결국 꼬꾸라지지는 않았다. 그리고 마침내 1949년, 상처투성이기는 하지만 중화인민공화국이라는 심장을 달고 다시 태어났다. 이른바 신중국.

신중국 건국 66년. 지난 9월 3일 톈안먼 광장에서 펼쳐졌던 전승70주년 기념 열병식은 66살 청년의 탄탄한 근육을 내외에 과시하는 자리였다. 어쩌면 국가의 수명에서 66살은 아직 청년에도 이르지 못한 소년의 나이인지도 모른다. 그러니 다시 떠오르는 용이고, 그런 용이 또 주역으로 나선 것이다. 더구나 이번에는 이전의 수세守勢가 아니라 공세攻勢이니 세계가 긴장하게 되는 것이다. 다음 일본.

이전에도 공세였지만 이번에도 일본은 공세다. 패전으로 퇴화되었던 근육에 다시 근력이 붙은 것이다. 지난 패전의 여러 교훈 중에 오직 하나만을 철저히 분석했다. 결코 적대시해서는 안 되고, 뛰어넘을 수 없는 미국에 대한 반성이다. 자신의 공세이면서도 미국을 대리한 공세인 것처럼 군사비라는 짐을 나누어 걸머지며 배후를 든든히 하니 두려울 것이 없다는 태도다. 과거를 붙잡고 그들을 미워하는 것이 아니라 중국이 빼어 든 손바닥에 언제라도 손바닥을 마주쳐 소리를 낼 것 같은 기세가 아슬아슬하다는 것이다.

러시아는 늙은 불곰 같지만 발톱은 여전히 날카롭다. 서방과 이념을 달리하고 옛 영광을 잊을 수 없으니 중국에 힘을 더한다. 그 거센 난기류에 동남아시아도 들썩거릴 수밖에 없다. 베트남, 필리핀은 직접 당사자로 중국을 경계하고 미얀마, 태국, 캄보디아 등은 양 진영의 눈치를 살핀다. 또 다른 거인 인도 역시 난기류에서 자유롭지는 못하지만 꽃놀이패를 쥔 셈이다.

한반도는 그 난기류의 정 중앙에 위치해 가뜩이나 조심스러운데 북한이라는 돌출변수가 수시로 우리의 발목을 잡는다. 그나마 이제는 120년 전 그때의 대한제국과는 비교할 수 없는 힘의 중견국가가 되었지만 여전히 우리의 힘만으로는 버겁다.

국가운영의 절반은 외교에 달려 있다. 국민의 제일 관심은 언제나 경제이지만 그 경제조차도 외교의 성패가 크게 영향을 미친다. 그럼에도 국정을 논의하는 국회에서 외교에 관한 심도 깊은 토의와 합의의 모습을 본 적은 별반 없다. 오히려 시급한 외교 현안에 대한 비준이나 심의조차 정쟁의 대상으로 삼아 국정과 경제의 발목을 잡기까지 한다.

대중외교가 떠오르면 대미외교를 내세워 흠집을 내려하고, 대미외교에 중점을 두면 반미와 종북세력이 핏대를 세운다. 동북아 난기류의 한 축인 일본과의 외교는 또 다른 난기류다. 저마다 목소리를 높여 국론 결집의 모습을 보여주지 못하니 일본의 극우와 반평화세력에게는 언제든지 도발할 수 있는 구멍이 된다. 때로는 여야는 물론 국민 전체가 저마다의 뜻을 잠시 접고 한 목소리로 결집하는 모습을 보여줘야 정부의 외교기조가 제 결실을 얻을 수 있을텐데 안타깝다.

우리만이 가진 미·중간의 가교 역량

미국 국무장관 출신의 헨리 키신저 박사는 중국의 '죽의 장막'을 걷어내는 초석을 놓은 이기도 하지만 국제관계에서 탁월한 혜안으로 여전히 미국 외교정책에 상당한 영향을 미치고 있다.

"미국과 중국은 대립과 갈등을 지양하고 상호 존중한다는 의미의 '신형 대국 관계'를 구축해야 한다."

"미국의 대선주자들이 경쟁적으로 '중국 때리기'에 나선 것은 위험을 초래하는 어리석은 짓이다."

"만약 미국과 중국이 충돌한다면 양쪽 모두에게 불행이다. 그 어느 쪽도 충돌의 대가를 받아들일 수 없을 것이다."

모두 최근 미·중 관계에 대한 헨리 키신저 박사의 우려 섞인 발언들이다.

세계1위 인구대국, 4위의 영토, 2위의 GDP, 2위의 국방예산…… 싫든 좋든 이제 G2로서 중국의 위상은 인정할 수밖에 없는 엄연한 현실이다. 그런 중국과 미국 사이에 만약의 사태가 벌어진다면 헨리 키신저 박사의 말처럼 그 충돌의 대가는 양국 모두에게 치명적이 될 것이다. 두 나라만이 아니라 세계 전체가 제2차 세계대전 이상의 피해를 입게 될 것이며, 더군다나 그 한 가운데에 위치한 한국은…… 실로 상상조차 하고 싶지 않은 일이다.

미·중의 보이지 않는 갈등에는 여러 원인이 있지만 가장 근본적인 요인은 추구하는 가치와 이념의 다름이다.

기독교 정신과 자유민주주의 이념을 바탕으로 이민자들로 구성되어 자유와 평등, 인권을 추구하는 140여 년 역사의 미국. 유교, 불교, 도교 등 다양한 전통과 종교의 뿌리 속에 조상, 혈연, 가족이 모든 것에 우선되는 가치이지만 절대 왕조의 권위에 순응하고, 융성하는 국가에 더욱 열광하는 5천년 역사의 중국. 그처럼 판이하게 다른 바탕이니 서로의 생각을 제대로 읽는 데는 한계가 있고, 그로 인한 오해와 의심의 벽 또한 쉽게 허물어질 수 없는 노릇이다.

21세기 중견국가 중에서 중국을 가장 잘 이해할 수 있는 나라는 대한민국이다. 일본도 같은 문화권이기는 하지만 섬 문화의 특

성으로 중국에 대한 보편적 이해에는 한계를 드러낸다. 일부 전문가들의 중국 연구는 뛰어나지만 그 또한 국가주의 앞에서는 순식간에 매몰되거나 왜곡되어 이용되기 일쑤다.

미국에 대한 이해 역시 마찬가지다. 당사자인 중국도 많은 인재를 미국으로 보내 연구하지만 장구한 역사에 대한 자부심과 국가가 융성할수록 더욱 열광하는 전통으로 자의적 이해에 그치는 경우가 다수이다. 일본 역시 미국에 대한 연구가 깊기는 하지만 기독교정신에 대한 이해 부족, 자국 우월감 등으로 인해 미·중 공존의 평화보다는 자국 이익 중심의 해석에 치우치는 경향이 크다.

반면 한국은 중국에 대해서는 비슷한 역사와 문화를 바탕으로 호불호를 떠나 감정적, 심정적 이해가 자연스러운 데다가 수교 이전부터 시작된 교류는 중국동포가 교두보가 되어 줌으로써 이념을 떠나 세계 어느 나라보다 현대중국을 깊이 이해할 수 있게 되었다. 미국에 대해서도 중국, 일본과는 다른 실천적 기독교정신에의 동의와 우수한 인재의 빠른 문화흡수력으로 그 이해의 폭이 넓고 깊다.

지난 한 정권에서 '동북아중심국가론'을 내세운 적이 있다. 그때 만일 미국과 중국에 대한 이해를 바탕으로 미국에는 중국을, 중국에는 미국을 이해시키는 평화방책을 추진했더라면 지금 우리의 처지나 위상은 훨씬 달라지지 않았을까 생각된다.

중국 정부는 물론 상당한 수준의 지식인들까지 미국의 보편적

인권론에는 억지가 아니라 심정적으로 고개를 갸웃거린다. 그 점은 일반민중 역시 크게 다르지 않다. 이만큼 편하게 잘 사는데 왜? 하는 의문이 그들의 진심이라는 것이다. 물론 일부 정치적 사안에 대해서는 심각한 부분이 있고, 그 점에 대해서는 중국 정부도 서방의 눈치를 살핀다. 그렇지만 5천 년 가까운 왕조 역사에 순응했고, 그 역사를 자랑스럽게 여기며 조상, 가족, 혈연을 가장 소중한 가치로 여기는 중국인에게 서방의 보편적 인권론은 아직 생경한 것이 사실이다.

기본적인 가치에 대한 이해 없이 무조건적인 수용의 요구는 그것이 아무리 보편타당한 진리라 할지라도 진심의 신뢰를 불가능하게 하고, 그렇게 오해가 쌓여 불신이 깊어지면 결국 서로의 등을 겨눌 칼을 벼릴 수밖에 없는 노릇이다. 오늘 미·중간의 갈등도 근본적인 원인은 아마 그것일 것이다.

우리가 갖고 있는 중국과 미국의 이해는 우리 외교의 가장 큰 무기가 될 수 있다. 굳이 정부가 나서기에는 조심스러운 일이라면 싱크탱크라도 활용해 미·중간의 이해를 주선하고, 그런 가운데에 동북아의 평화를 도모하면 우리의 위상은 물론 통일정책에서도 획기적 성과를 얻을 수 있을 것이다.

민주주의와 자유의 동반자 미국

대한민국 헌법은 제1조 1항 '대한민국은 민주공화국이다.'로 시작된다. 국민이 나라의 주인이라는 가치가 가장 먼저라는 뜻이다.

미국수정헌법은 제1조 '의회는 국교國教를 정하거나 종교 행위를 금지하는 법을 제정하여서는 아니 된다. 또 의회는 언론, 출판의 자유 또는 국민들이 평화적으로 집회할 수 있는 권리와 고충 처리를 위해 정부에 청원할 수 있는 권리를 제한하는 법을 제정하여서는 아니 된다.'로 시작된다.

기독교정신이 기본 바탕이면서도 종교의 자유가 헌법의 첫 머리를 장식하고, 언론 출판 집회 청원권의 자유가 미국의 가장 소중한 가치라는 의미이다. 역시 국민의 자유권이 최우선이라는 뜻이니 표현은 달라도 우리와 같은 민주공화국이다.

자유의 힘은 참으로 위대하다. 인간의 자유를 가장 소중한 가치로 여기는 그것이 오늘날 미국이 자타공인의 세계 최강대국이 된 힘이다. 우리 역시 국민의 자유를 지키려는 그 의지로 오늘의 대한민국을 일궜다.

미국은 1776년 건국하여 6년 뒤인 1882년 조미수호통상조약朝美修好通商條約을 체결하며 우리와 공식적 인연을 맺었다. 140여 년 가까운 그 세월 동안 태프트-카스라 밀약 같은 어두운 일도 있었지만 태평양전쟁 이후 일제로부터의 독립, 한국전쟁에서의 대한민국 수호, 한미동맹, 경제원조 등 혈맹으로서의 깊은 우호관계를 유지해오고 있다. 그런 우호의 기본 바탕은 자유민주주의라는 이념과 인간의 보편적 인권 같은 자유권을 가장 소중한 가치로 삼는 공통점이었다.

민주주의와 자유는 앞으로도 우리가 영원히 지켜가야 할 불변의 가치다. 누가 뭐라 해도, 어떤 상황이 펼쳐져도 대한민국과 미국은 영원한 우방이며 친구다. 그럼에도 동북아에 몰아친 난기류가 한·미간의 우호에 어둠을 드리운 듯 말하는 사람들이 있다. 오해이거나 이간질이다.

굳건한 한·미 우호의 지속을 위해서는 먼저 민주주의와 자유는 대한민국 최고 불변의 가치이고 미국의 그것과 궤를 같이 한다는 점을 분명히 강조해야 한다. 둘째는 대한민국은 세계평화에의 의지가 확고하며 그와 관련하여 미국과 협력할 것을 천명하는 것이다. 미·중간의 보이지 않는 갈등과 불신 해소를 위해 쌍방에 대한 이해를 돕는 조용한 외교를 진행하는 것도 그 실천의 하나이다. 셋째는 세계평화와 인간의 자유권을 위해서는 단호한 목소리를 내 국제사회에서의 위상을 당당히 하며 미국과 어깨를 나란히 하는 것이다. 넷째는 국제사회의 일원으로서 대한민국의 위상에 걸맞은 책임을 다함으로써 미국 사회의 존경을 받는 것이다.

미국의 쇠퇴를 예측하는 이들도 있다. 세계 경제의 지배권이 중국으로 넘어가거나 나눠질 것이라는 예측도 있다. 그러나 반론이 더 많다. 미국의 역량이 그리 호락호락하지 않다는 것이다.

미국이 가진 지적자산은 뒤를 잇는 독일의 4배 이상 되는 것으로 알려진다. 무엇보다 큰 힘은 변하지 않는 자유의지다. 세계의 꿈과 인재들이 미국으로 모여드는 이유는 꿈을 꾸고, 새로운 지식을 탐구하고 실험하는데 제한 없는 자유의 마당이 펼쳐진 때문이다. 아무리 뛰어난 상상력도 억압받고 제한받으면 싹을 틔우지 못하지만 무엇이든 꿈꾸고 도전할 수 있는 자유는 가능하지 않은 것도 가능하게 만든다. 그래서 우리는 더구나 미국과의 우호를 소홀히 할 수 없는 것이다.

지난 시절 미국이 일본과 태프트-카스라 밀약을 맺은 것이나,

1950년 1월 알류산 열도-일본 열도-오키나와 열도-필리핀 열도를 잇는 애치슨 라인을 선언하며 한반도를 서태평양 방어선에서 제외한 것이나, 1969년 7월 다시 한 번 오키나와와 괌을 잇는 열도선의 닉슨 독트린을 발표하며 한국에서 제7사단을 철수시킨 것은 모두 미국의 국익을 우선으로 하는 전략 때문이었다. 우리 입장에서는 서운하고 신뢰가 흔들리게 하는 일이지만 자국의 국익을 위한 전략을 탓할 권리는 어느 나라에도 없다.

미국은 전통적으로 대서양을 중시하는 나라이다. 그러나 21세기 들어 급부상하는 중국을 견제하기 위해 2009년 2월, 당시 국무장관 힐러리 클린턴의 입을 통해 '아시아 회귀'를 선언한 바 있다. 그렇다고 대서양보다 태평양을 우선시한다는 의미는 아니기에 점점 어려워지는 재정 문제와 부닥칠 수밖에 없다. 이에 일본은 미국 국방예산의 부담을 덜어주는 행보로 손을 내민다. 지난 4월 아베 총리의 미국 방문 때는 미국의 괌 군사기지 개선에 28억 달러, 우리 돈 약 3조 원을 지원하겠다고 발표했을 정도이다. 미국이 일본을 중시하며 군국주의 부활과 역사 부정에 대한 세계적 비난을 외면하는 까닭이다.

통일 여부를 떠나 한반도가 미국의 서태평양 방어선에서 제외되는 일이 재발되어서는 안 된다. 그 경우 미·중 사이에서 우리의 입장은 지금보다 더욱 어려워질 것이며 애먼 불똥의 피해를 입을 수도 있는 일이다. 방법은 미국의 재정 염려를 일정 부분 감당하면서라도 우리의 국방력을 강화해 든든한 동맹으로서 위상을 높이는 길뿐이다. 그것은 또한 민주주의와 자유라는 우리의 절대가치를 지켜가는 길이기도 한다.

'반일'과 '반비평화주의'의 구별

"세포 배양 비커가 다 찬 것 같은데 필요하면 내 걸 써도 돼요. 인선 씨에겐 개인 컴퓨터가 있어야 할 것 같아서 신청해 놨는데 혹시 다른 필요한 건 없어요?"

당시 일본 도쿄 '국립의약품식품위생연구소'에서는 실험동물에 암 세포를 주입하고, 미리 암 예방 물질을 먹인 동물과 먹이지 않은 동물의 반응을 비교하는 연구를 진행하고 있었다. 내게도 그 암 예방물질 개발 프로젝트에 참여하는 기회가 주어졌다.

처음에는 밤늦도록 연구실에 남아 있는 한국여성과학자를 신기한 눈으로 지켜보던 그들이었지만 점점 내 열정에 놀라며 격려와 지원을 아끼지 않았다.

"아직도 일하고 있어요?"

어느 날 새벽 1시, 함께 연구하던 니시가와 부장이 텅 빈 연구실에 혼자

남아 있던 나를 동그란 눈으로 쳐다보더니 슬그머니 사라졌다. 잠시 뒤 다시 나타난 그가 씩 웃으며 건네준 것은 따끈한 녹차라테와 달콤한 링고아메였다. 그리고 마침내,

"올해 우수학술상의 주인공은 한국의 이인선 박사입니다. 축하합니다."

1996년, 히로시마에서 열린 국제소화기암학회에서 기대하지 않았던 결과를 얻을 수 있었다. 그리고 그것을 시작으로 국제학술지에 논문이 게재되고, 미국과학정보연구소 유명 학회지 색인모음인 SCI에 저널 50여 편을 연달아 발표하기도 했다. 1999년에는 브로콜리를 이용한 췌장암 연구로 국제푸드팩터학회에서 주는 '젊은 과학자상' 수상으로 이어지기도 했다.

10살, 4살의 두 아이마저 떼어놓고 간 연구 유학이었다. 꼭 성과를 거둬서 돌아가지 않으면 아이들에게 죄를 짓는 일이 될 것 같았고, 한국인으로 일본 연구기관에서 그들보다 더 뛰어난 결과를 보여주고 싶기도 했다. 미안하고 그립고 고단하던 그 시절에 함께 한 일본인들은 진정으로 따뜻한 위로를 주는 벗이었고 지금도 변함없는 우정을 나누고 있다.

아쉽고, 한편 참으로 알 수 없는 일이다. 개인적으로 만난 일본인들은 우리와 다르지 않은 따뜻한 이웃이고 사람 냄새 그윽한데 일본이라는 나라는 왜 가끔 그리도 터무니없는 것인지…….

그런데 역사를 살펴보면 감이 잡히기는 한다.

임진전쟁 때 가토 기요마사加藤清正의 우선봉장으로 왔다가 조선의 문물을 흠모하여 수하 군사 3천 명을 이끌고 항복해 많은 전공을 세우고, 선조로부터 김충선이라는 성과 이름을 하사받은 사야가沙也可. 일제강점기 조선총독부 산림과 직원으로 한반도에 들어와 산림녹화는 물론 조선의 민예를 수집 연구하고, 우리말을 하고 조선옷을 입고 조선인의 이웃으로 살며 주검마저 망우리 공동묘지에 묻힌 '조선인보다 더 조선을 사랑한' 아사카와 다쿠미淺川巧…….

역사 속에는 한 인간의 진심과 도리로써 한반도를 사랑하고 끝없는 우의를 실천한 일본인의 기록이 적지 않다. 또한 현대에도 우리 문화를 사랑해 '한류'라는 바람에 동참하고 열광하는 우리와 다르지 않은 이웃이 수없이 많다. 물론 일부 혐한 일본인들도 있다. 그렇지만 한일관계 냉각이라는 말을 제대로 실감하고 마음속 깊이 미움을 품은 국민은 그리 많지 않은 것 같다.

문제는 일부 '반평화주의자'들이다. 고대 역사의 왜구는 차치하고, 임진전쟁을 일으킨 도요토미 히데요시豊臣秀吉가 대표적이고, 한반도 강점을 주도하고 대동아전쟁의 불씨를 일으키다 안중근 의사의 총에 척살된 이토 히로부미伊藤博文가 그렇다.

그들은 자국의 위기로 인한 피치 못한 침탈도 아닌, 강성해진 힘으로 자신들의 정치적 야심을 위해 티끌만 한 명분조차 없이 악惡의 전쟁을 일으켜 수많은 인명을 도륙하고 문화와 재산을 파괴했다. 그러다가 결국 패망하면 반성하는 듯하며 조용히 힘을 기르다가 제법 근력이 붙었다 싶으면 다시 전쟁 DNA가 꿈틀거린다.

안타까운 것은 그런 일부 전쟁 DNA를 물려받은 반평화주의 정치인들이 기치를 들면, 국민 대다수가 자신의 생각을 망각하고 고운 심성의 문을 닫은 채 무조건 복종하여 따른다는 것이다. 물론 국가의 명령이고 국민 된 의무니 그럴 수밖에 없는 일이기는 하지만 잔혹한 범죄적 행위나 옥쇄玉碎와 같은 몰인간적 명령에도 너무도 순순히 따르는 무의식에는 혀를 내두를 수밖에 없게 된다.

21세기 동북아 불안의 최전선 한쪽에는 일본이 서 있다. 그렇지만 아베 정권의 보통국가화라는 이름의 전쟁국가화에는 일본 국민들의 반대가 거세다. 평화를 사랑하는 우리와 다르지 않은 일본인의 모습이다. 이러한 때 우리의 막연한 '반일反日' 운운은 본질을 벗어난 오류가 될 수 있다.

우리의 '반일'은 '반일'이 아니라 '반아베정권' 혹은 '반비평화주의'가 되어야 할 것이다. 함께 어깨를 나란히 하여 인류의 미래와 평화를 만들어가야 할 이웃이 일부 전쟁 DNA 유산자들의 선동에 휘말려 서로를 미워하다가는 다시 지난 역사 속의 참혹한 주검과

무의식을 맞닥트리게 될지도 모른다. 깊은 생각 없는 무작정 '반일'이 아니라 평화를 지키려는 그들과 함께 손을 잡고 반평화주의에 대항하는 현명하고 체계적인 시민운동을 생각해 볼 때이다.

대한민국 자존심 독도

일본과 중국의 첨예한 대립 전초前哨에는 센카쿠(尖閣:중국명 댜오위다오)열도가 있다. 일본이 실효적으로 지배하고 있는 섬이지만 중국이 역사적 연고를 내세우며 마찰을 빚고 있는 것이다. 남의 나라 분쟁에 가타부타할 생각은 없고, 다만 그럼에도 일본이 우리 독도에 부질없는 탐욕을 드러내는 그 양심은 어떤 것인지 두 눈을 정면으로 마주보고 묻고 싶다. 더구나 독도는 고래古來로 우리의 영토며, 일본은 그 역사적 연고라고 내세우는 것조차 무도한 침략의 자인이거나 억지이지 않은가.

각설하고, 내 집안의 재산을 넘보는 도둑이나 강도가 있다면 그에 대한 대비에는 두 가지 방법이 있다.

첫 번째, 도둑이나 강도가 재산을 훔치려고 집안에 들어왔을 때 단번에 제압할 수 있도록 철저히 준비하고 대비하는 것이다.

일본의 군사력, 특히 해상자위대와 항공자위대 무기의 첨단 수준은 중국에 대등하거나 오히려 앞설 수 있는 수준인 것으로 알려진다. 그러나 일본은 4면이 섬이기에 해·항자위대는 4면으로 나뉘어 각각의 방어구역을 담당하고 있으며, 그중 한국을 중심으로 좌우에는 중국과 러시아라는 한시도 방심할 수 없는 경계대상의 나라들이 위치하고 있다. 그러니 설령 일본의 군사력이 우리에 비해 다소 앞선다 할지라도 힘이 분산된 자위대를 우리 해군과 공군이 막아내지 못할 까닭이 없다. 다만 독도를 국제분쟁지역화 하려는 목적으로 기습적인 침공을 감행, 일시적으로라도 점거하게 된다면 문제는 달라진다.

그렇지 않아도 일본은 독도와 가장 인접한 시마네島根현 오키隱岐섬에 해상자위대 기지를 설치하려 시도한 바 있었다. 독도와 오키섬 간의 거리는 157.5킬로미터로 울릉도와의 87.4킬로미터보다는 두 배 가까이 멀다. 그러나 우리 해군의 주력 기지가 있는 포항과의 262킬로미터보다는 훨씬 가깝다. 우리가 다른 군사적 상황으로 독도인근에 대한 경계를 늦출 수밖에 없는 상황에 처하거나, 그런 일은 없겠지만 여차 방심하는 순간에는 우리 주력 해·공군의 힘이 미치기 전에 돌발 사태가 벌어질 수도 있다.

우리는 미국과 한미군사동맹을 체결하고 있다. 일본 역시 미국과 미일방위협력지침(가이드라인)이라는 사실상의 군사동맹 관계를 체결하고 있다. 독도를 사이에 두고 한·일간에 군사적 마찰이 일어날 경우, 미국은 제3자적 위치에서 양국의 자제 촉구 정도의 외교적 수사만 구사하며 방관할 소지가 매우 크다. 분쟁지역으로 대두되었을 경우에는 막대한 자금을 바탕으로 한 일본의 외교적 활동이 우리를 곤란에 빠트릴 소지도 크다.

어떤 경우라도 독도에 대한 우리의 영토주권을 잠시라도 잃는 경우가 벌어져서는 안 된다. 이를 위해서는 울릉도에 적절한 군사 대비책을 마련해 두는 것이 바람직할 것이다.

두 번째는 우리의 재산이 우리의 것임을 이웃 모두가 알게 해 그것을 훔치려 드는 도둑이 있으면 이웃이 먼저 경보를 울리고 돌을 던지는 것은 물론, 혹여 도둑이 물건을 훔쳤더라도 모두가 그것이 도둑의 것이 아닌 장물이라는 점을 증언해 무용지물이 되고 저절로 내놓게 하는 방법이다.

독도에 구축하려던 입도시설이 외교부 등의 반대로 무산된 바 있다. 주인이 도둑의 눈치를 보느라 집안의 시설 하나를 사용하기 망설이는 격이다. 스스로 포기하는 권리는 누구도 지켜주지 않는다. 당당하지 않으면 자존심을 지켜낼 수 없다. 보다 적극적으로 독도를 개방해 우리의 것임을 당당하게 내세우는 정책의 전환이 필요하다.

독도는 환경의 보고다. 무작정 개방해 환경을 훼손해서는 오히려 국제적 비난을 살 수 있다. 연중 탐방 가능한 인원을 제한하고, 자유와 평화를 사랑하는 외국인을 우대할 필요가 있다. 관광, 놀이보다는 지구환경연구, 세계평화토론의 장으로 만들어야 한다.

안전한 접안시설을 구축하고, 잠시 배에서 내려 독도를 밟아본 뒤 다시 승선하여 배 안에서 회의를 열어 토론하고 숙박하며, 이른 새벽 태평양을 가르며 떠오르는 장엄한 일출을 가슴에 품는다면 어떤 감동을 받을까. 아마 그렇게 독도를 다녀간 사람들이라면 누구라도 평화의 섬으로 사랑하게 될 것이니 감히 침탈 따위는 엄두도 내지 못할 것이며, 헛소리만 내뱉어도 세계의 비난이 빗발치게 될 것이다.

우리의 자존심 독도, 강력한 힘의 대비와 더불어 세계인이 사랑하는 지구환경과 평화의 상징으로 만들어 영원토록 지켜내야 할 일이다.

공공외교의 세계

세계 어느 나라도 지도자나 정부 관료의 능력만으로 국정을 원만하게 이끌고 외교적 과제 전부를 무난하게 해결해 나가지는 못한다. 더군다나 장기적 발전을 위한 국가 간의 동맹이나 협력 등에 관해서는 깊은 연구와 장기적 노하우가 축적된 연구자나 단체의 자문과 협조가 필수적이다. 그들을 흔히 일러 석학, 싱크탱크 등으로 칭한다.

최근 수년 동안 일본의 군국주의적 야망이나 역사부정, 성노예 문제 등은 우리나라나 중국뿐 아니라 전 세계의 주목을 받고 있다. 그런데 국제평화나 인권문제 등에 대해 엄격한 여러 선진국들이 못 들은 척하거나 소극적 반응에 그친다. 심지어는 피해 당사국인 동남아시아 여러 나라들도 입을 다물고 있다.

동남아시아 국가들은 남중국해 문제와 관련해 당장 중국과 긴

장 상태인 데다 일본의 군사적 지원까지 있으니 과거보다는 현안과 미래를 위해 어쩔 수 없는 노릇이라 하더라도 정부 당국도 아닌 지성과 석학들이 모인 유수한 단체들의 소극적인 태도는 정의롭지 못하다. 다름 아닌 일본의 지속적 공공외교의 결과이다.

일본에는 국제교류기금을 운용하는 일본재단Japan Foundation이 있다. 국제 문화 교류 사업, 국제 상호 이해 증진, 국제 환경 정비, 해외 일본어 교육, 일본어 교사 육성, 일본 연구와 지적교류 등을 목적으로 한다. 우리나라에도 한국국제교류재단(Korea Foundation:이하 한국재단)이 있다. 소프트 외교의 첨병으로 공공외교, 중장기 공공외교 파트너십 강화, 글로벌 한국학 진흥 등을 전략목표로 삼고 있다.

일본재단의 혜택을 받았다는 사람은 흔하게 만날 수 있다. 우리 언론인들의 유학을 지원하기도 하고, 국내는 물론 해외에서 공부하는 유학생들까지 일본으로 초청하여 공부와 실습체험을 하도록 지원해 우호적이 되도록 유인한다. 세계 각국의 저명한 석학, 지성, 은퇴한 저명 정치인들도 두루 포함된다. 일본이나 동북아 문제와 관련한 각종 학술회의의 지원에도 적극적이다. 모두가 공식적인 것만도 아니다. 비공식적으로 은밀하게, 지원받는 사람들에게 생색으로 비치지 않는 조용함도 갖췄다. 하지만 한국재단의 지원에 대한 국제 싱크탱크들의 언급은 거의 들리지 않는다.

물론 한국재단도 여러 활동을 한다. 들여다보면 각종 학술회의 개최, 한국학 워크숍, 한국문화 기획전시, 외국 인사 및 한국 관련 연구생 초청, 기타 각종 전시회, 음악회 등 다양하다. 그런데 행사 대부분이 소위 '보도자료'를 배포하는 공식행사이고 한국재단이 직접 그 주최가 된다. 실적 확인, 보여주기인 데다 세계적 석학이나 싱크탱크들과의 깊이 있는 토론, 교류는 일본을 좇아가지 못한다.

당장은 예산이 문제가 된다. 한국재단의 예산은 일본재단 예산의 5분의 1정도인 것으로 알려진다. 더욱 문제인 것은 한국재단이 외교부 산하기관이라는 것이다. 그로 인해서인지 한국재단이 민간단체를 지원하는 예산 대부분이 외교부장관이 비상근 이사로 있는 단체에 지원되어 문제가 된 적도 있다. 외교부의 입김이 작용될 수밖에 없다는 것이다. 반면 일본재단은 1972년 외무성 산하 특수법인으로 설립되었다가, 2003년 10월 1일 독립행정법인으로 전환되었다. 시급하게 고려해야할 문제이다.

'부르킹스연구소' '헤리티지재단' '랜드연구소' '전략국제문제연구소CSIS' '미국기업연구소' '카네기기금(카네기국제평화재단)' 등은 전문가가 아니라도 귀에 익은 미국의 대표적인 싱크탱크이고 그 권위나 영향력은 실로 막강하다. 그밖에도 미국에는 1800개가 넘는 싱

크탱크가 있다. 세계 싱크탱크의 30퍼센트 가까이를 차지한다. 반면 우리나라는 '대외경제정책연구원' '한국개발연구원' 등 35개 정도로 세계 25위권에 들 뿐이다. 일본은 13위권이다.

세계 12, 13위권인 경제수준에 비해 싱크탱크의 수준은 너무 초라하다. 싱크탱크는 그 나라의 지적수준을 대변하기도 한다. 이래서는 지속발전 가능성을 기대하기 어렵다.

지적 수준의 향상은 독자적인 연구도 필요하지만 다른 앞선 지식과의 교류, 융합도 필요하다. 앞선 지적 수준은 물건처럼 돈을 주고 살 수 있는 것이 아니다. 수시로 만나고 토의하는 중에 인간적인 교류까지 넓어져야 가능한 무한투자의 결과이다.

사사카와평화재단이라는 일본의 사적 단체 한 곳이 미국 싱크탱크에 들이는 연간 예산은 35억 원이 넘는다고 한다. 사사카와재단은 태평양전쟁이 끝나고 A급 전범 용의자로 체포되었다가 불기소 처분된 사사카와 료이치笹川良一의 이름을 딴 것이다. 그는 전쟁시기 국수대중당이라는 극우정당을 창당해 총재를 역임했고, 이탈리아의 파시스트 베니토 무솔리니를 숭배했다. 그가 석방된 뒤 일본모터보트 경주회競艇를 설립해, 경정 수익금으로 설립한 선박진흥회가 현 일본재단의 전신이다. 어떤 정신으로 일본재단이 운영되고 있는지 짐작할 수 있는 대목이다.

그나마 공공외교의 한 축인 한국국제협력단(KOICA:이하 코이카)

의 활동이 두드러진 것은 위안이 된다. 주로 개발도상국이나 저개발국을 상대로 개발협력사업을 실행하는 코이카의 성공적 활동은 우리 외교와 국가 위상의 미래에 크게 기여하게 될 것이다. 가시적으로 드러나는 성과와 한국재단의 10배 넘는 예산이 이뤄낸 결실이다.

한 차원 높은 국가 싱크탱크의 양성은 당장 확인 가능한 실적 같은 재촉으로 얻을 수 있는 것이 아니다. 자율과 오랜 기다림이 필요하다. 물론 기획하고 집행하는 책임자와 실무자의 청렴과 능력이 우선되어야 할 것이다. 코앞만 내다보는 근시안이나 구더기 무서워 장 못 담그는 어리석음을 하루 빨리 떨쳐내기를 바란다.

HAPPINESS
행복해야 성공한다

재능을 뛰어넘는 것이 노력이라면, 노력을 뛰어넘는 것은 진심일 것이다. 스스로 미치는 열정은 진심에서 나오고, 그 진심은 아울러 행복도 주기에 지치고 멈추지 않는 노력을 가능하게 한다. 또 그런 중에 영원한 '클래식'이 태어나기도 하는 것이다. 행복해야 행복할 수 있는 길을 바로 곁에 두고 자신은 불행하다며 원망의 대상이나 찾아서는 불행의 크기만 키울 뿐이다.

성공해서 행복한 것이 아니라 행복해서 성공한다

대부분의 사람들이 자신의 선택으로(어쩔 수 없는 차선인 경우가 많지만 그 또한 그의 선택이다) 일을 한다. 그런데 모두가 피곤하다는 소리를 입에 달고 산다. 토·일요일의 휴식을 보낸 뒤인 월요일에는 월요병이고, 목요일만 되면 벌써 녹초가 된 듯 허덕거린다. 업무의 중압감, 인간관계에서의 스트레스 등 그럴 만한 이유는 수십 가지도 더 들 수 있다. 그래도 먹고살아야 하니 어쩔 수 없지 않느냐는 자조의 넋두리를 유일한 위안으로, 변명으로 삼는다. 행복과는 애초부터 거리가 멀다.

행복하기 위해 성공해야 한다는 명제로 이제껏 살아왔다. 그런데 성공이 무엇인지 제대로 생각하거나 아는 사람은 별로 보지 못했다. 대부분 애초 잡았던 목표가 이뤄졌는데도 행복을 느끼지 못하니 다시 더 높은 목표를 성공의 과제로 삼는 정도이다. 처음 한

두 번은 그렇게 목표를 높여갈 수 있지만 오래지 않아 허덕거리고 지치게 되면 삶이 무의미하게 여겨져 되는 대로 그저 산다. 그런 인생에서 추구할 수 있는 것은 돈과 말초적 자극이고, 금세 노예가 되고 중독된다.

〈미쳐야 미친다〉는 책이 있었고, 한동안 그 말이 유행했다. 정신줄 놓고 머리에 꽃을 꽂는 그 '미친'이 아니라, 조선 역사 속 빼어난 지식인들의 이야기를 담은 책이라는 것도 모두가 안다.

책장을 펼쳐 목차를 보는 순간 '미쳐야 미친다'는 말의 함의[含意]가 머리를 후려쳤다. 맞다. 미치기 위해서는 먼저 미쳐야 하고, 그 미친다는 의미는 오르가슴과 같은 최고의 행복, 그것도 쉬 멈춰지지 않는 지속의 행복을 말하는 것이었다.

우리는 누구라도 자신의 일에서 무아의 경지를 느껴본 순간이 있을 것이다. 그렇다고 대단하게 생각할 건 없다. 어린 시절 만화방에서 만화에 푹 빠져 아무것도 생각하지 못한 시간. 친구들과 놀이에 빠져 밥 먹는 것도 잊어버린 시간. 언제나 내키는 것은 아니고 이미 지쳐버리기도 한 공부였지만 어느 시간, 어떤 과목에서는 엄마가 책상 위에 간식거리를 놓아줄 때까지 모르고 몰입하던 시간도 있었을 것이다. 도스토옙스키의 명저 〈죄와 벌〉을 읽다가, 주인공 라스꼴리니꼬프가 전당포 노파 이바노부나에 이어 노파의 여동생 리자베따까지 죽이는 대목에서는 양손에 진땀이 흠뻑 배어나고 심장이 쪼그라들다가 누군가 슬쩍 건드리기만 해도 '으악!' 비명을 내지르게 되는 경험도 있었을 것이다. 그런 몰입 혹은 무아의 순간을 행복이라 말하기는 어렵다. 짧은 순간이기 때문이다. 하지만 그런 시간이 일정기간 지속된다면 그건 분명 행복이라 말할 수 있을 것이다.

정신없이 살아가던 어느 날 문득, 우리 모두가 잘 알고 있는 〈바보 온달과 평강공주〉 이야기가 생각났다. 귀한 공주의 몸으로 가난한 데다 바보이기까지 한 온달을 만났을 때 느낌이 어땠을까. 아무리 어릴 적부터 귀에 딱지가 앉도록 들어온 이야기라지만 난감하고 후회스럽지 않았을까. 처음에는 또 그렇게 넘어갔다고 할지라도 바보 온달을 최고의 장수로 만드는 동안 어떤 느낌이었을까.

온달의 기분은 쉽게 짐작할 수 있다. 틀림없이 행복 그 자체였을 것이다. 어떤 남자라도 아름답고 똑똑한 공주가 자신을 위해 헌신을 다하는 순간순간마다 최고의 행복을 느끼지 않을 수는 없을 테니 말이다. 어쩌면 평강공주도 그렇게 행복해 하는 온달을 보며, 그 행복에 감염되어 같이 행복했을 것 같다.

여자
아내
엄마

과학을 전공했으니 연구실에서 오랜 시간을 보냈었다. 실험의 결과가 이렇게 나왔으면 하는 바람은 있었지만 보장은 없는 긴 기다림의 시간들이었다. 때론 기대한 결과에 환호하기도 했고, 예상을 빗나간 결과에는 탄식도 토했지만 지난 뒤 생각해보면 그 기다림의 시간 자체가 행복이었다. 만약 결과에만 매달리고, 기다림의 시간이 초조하기만 했다면 진작 실험실을 벗어나 다른 길을 걸었을 것이 분명하다.

철학과는 거리가 먼 주제에 감히 '과정의 행복' 따위를 주절거릴 뻔뻔함은 없다. 다만 과학도로 살아오며 체험하고, 몇몇 공적인 자리에서 시각을 넓히다 보니 보이지 않던 것을 볼 수 있었다. 결과만을 좇는 노력은 단기적 성과는 가능하지만 지속적이고 장기적인, 이른바 '클래식'은 되지 못한다는 것이었다.

재능을 뛰어넘는 것이 노력이라면, 노력을 뛰어넘는 것은 진심일 것이다. 스스로 미치는 열정은 진심에서 나오고, 그 진심은 아울러 행복도 주기에 지치고 멈추지 않는 노력을 가능하게 한다. 또 그런 중에 영원한 '클래식'이 태어나기도 하는 것이다. 행복해야 행복할 수 있는 길을 바로 곁에 두고 자신은 불행하다며 원망의 대상이나 찾아서는 불행의 크기만 키울 뿐이다.

맘이 예쁜 사람이 진짜 행복하려면

우연히 자동차 안에서 왁스WAX라는 여가수의 꽤 오래된 〈머니MONEY〉라는 노래를 다시 들었다. 전에도 들은 적은 있었기에 빠른 템포의 곡이 귀에 설지는 않았겠지만 노랫말은 기억에 전혀 없었는데 새삼 몇 토막이 귀를 솔깃하게 해 일부러 찾아봤다.

다들 잘 아시겠지만, 노래는 '뭐니 뭐니 해도 돈이 많으면 좋겠지'로 시작한다. 간주의 랩은 '돈 없어 굶어봤어 돈 없어 당해봤어 돈 없어 맞아봤어 돈 없어 울어봤어 돈 돈 니가 뭔데……'하는 절절한 설움과 분노를 토해낸다. 그리고 '머니가 많은 사람 엘리트 머니가 없는 사람 넘버쓰리'하며 세태를 따르는 듯하다가 말미에는 '허니honey 허니 나의 허니 진정 날 사랑하니 마음이 맘이 예쁜 남자가 필요해'로 끝난다.

2004년도에 발매되어 엄청나게 히트한 곡이라기에 20대 초반의 직원에게 〈머니〉를 아는지 물었더니 노래방에 가면 자주 부른다는 것이었다. 초등학생 시절에 나온 노랜데 어떻게 아느냐는 질문에는 좋은 곡은 세대를 잇는다는 대답에 마음이 짠했다.

돈이 절대가치로 세상을 지배한다. 그야말로 사랑도 우정도 돈이 좌우하고, 출세도 성공도 돈이 잣대가 된다. '금수저' '은수저' '동수저'에 '다이아몬드수저' '흙수저'까지 회자되는 모양이고, 특히 젊은 층의 세상 비아냥거림에 자주 거론된다. 비극이다. 노랫말처럼 '머니가 없는 사람 넘버쓰리'를 부인할 수도 없으니 그네들의 '헬hell 조선'이라는 서글픈 저주에도 딱히 대꾸할 말이 없다.

'헬 조선'의 다음 수순은 조국을 떠나는 거란다. 그럼 그들이 찾아가려 하는 그 나라들은 우리보다 나을까? 남미나 아프리카 첩첩 밀림 속이 아니라면 이제 세상 어디를 가도 돈이 지배하기는 마찬가지인데. 그런데 막상 '헬 조선'이라는 극단의 비명에 곰곰이 생각해보니 똑같이 돈이 지배하는 세상이지만 그들 나라에는 숨통 트일 구멍은 우리보다 확실히 크고 많은 것 같다.

그래, 그네들의 말대로 '헬 조선'이라 치자. 그 '헬 조선'에서도 그나마 그들이 위안 받는 곳이 있기는 하단다. 대표적인 곳이 아마 '홍대 거리'일 것이다. 평일에도 그렇게 한가하지는 않지만 특히 불타는 금요일, '불금'에는 홍대 거리에 자리 잡은 그 수많은 카페와 클럽들이 발 디딜 틈이 없는 모양이다.

제각각의 취향에 따른 음악에 맞춰 고함치고, 흔들고, 펄펄 뛰고……. 어쩌면 그 순간만은 '헬 조선'을 잊을 수 있고, 사랑의 눈맞춤에 돈이 조건이 되지도 않고, 청춘과 사람이 살아나는 것인지도 모르겠다. 그래서 '맘이 예쁜 남자가 필요해'는 세대를 잇는 좋은 곡으로 여전히 사랑받는 것이고. 하지만 토요일 아침, 해가 훤하게 떠오르고도 9시, 10시까지 테이블 가득 빈소주병을 쌓아놓고 목청을 높이는 모습은 안쓰럽고 너무 서글프다.

어느 시대나 세상을 지배하는 절대가치는 있었고, 소유의 개념이 탄생한 후로는 경제와 돈이 그 주인이었다. 그렇지만 만약 그렇게 물질의 탐심만으로 치달았다면 아마 세상은 진작 지옥이 되었거나 부서져버렸을 것이다. 잠깐이라도 맑은 눈이 되어 돌아보면 생생히 목도할 수 있건데 천국에 버금가는 유산이 수없이 전해져오지 않는가. 그 기이한 기적과 반전의 중심은 예술과 문화였다.

지금의 청년들이 〈머니〉에 위로 받는다면, 과거의 청년들도 '사랑가'나 '아리랑'이 아니더라도 마음을 달랠 어떤 유행가가 있었을 것이다. 반드시 단원 김홍도의 풍속화나 겸재 정선의 산수화처럼 수작秀作은 아니더라도 세태를 비틀고 자연을 품는 나름의 그림이나 낙서라도 즐겼을 것이다. 장엄한 궁중무宮中舞나 자태 빼어난 기생들의 한바탕 흥취가 아니더라도 사당패의 놀이마당이나 주막집 주모의 육자배기 한 소절에 치밀어 오르는 무엇인가를 삭이고 내일을 기약했을 것이다. 그런 음악, 미술, 공연이 세상을 지옥에서 구하고 천국의 유산을 물려주게 한 원천이었다는 것이다.

경제규모로는 당당한 OECD 중추국가인데 '천민자본주의' '천박' 따위의 불경스러운 단어는 여전히 스멀거리고 있다. 벗어나고 싶다는 '헬 조선'의 실체가 바로 그것이라는 생각은 들지 않는가. 치열하고, 살아남기 위해서는 모두를 밟고 서야 하고, 조금만 밀리면 넘버쓰리가 되어 사랑도 지키지 못하는데, 마음을 위로받고, 함께 즐기며 흉금을 터놓고, 마음을 삭힐 그 무엇조차 없는 '천박'이라면 어찌 비아냥거리고, 떠나고 싶지 않겠는가.

정부와 지방자치단체도 그런 각박한 마음을 위로하기 위해 이런저런 애를 많이 쓰기는 한다. 그렇지만 당장 비위를 맞추자고 한바탕 요란한 잔치를 벌인 뒤에는 스타는 떠나고 쓰레기만 나뒹구는 휑한 마당밖에 없으니 어찌 뒤풀이도 아닌 공허함의 소주잔이 생각나지 않겠는가. 축제의 뒤에는 시원해진 속과 환한 웃음이 가득해야지 초라한 술잔은 너무 서글프다.

퇴근길 잠시 들른 찻집에서는 기다리고 있은 듯 은은한 선율의 음악이 흐르고, 주말에는 연인과 가족의 손을 잡고 작은 미술관을 돌아본 뒤 잔디 위에 도시락을 펼치고, 특별한 휴일에는 공연장을 찾아 고개를 끄덕이고 가슴 뭉클한 감동에 젖어들 수 있으면 '머니'가 적은 '맘 예쁜' 사람들도 진정으로 행복할 수 있을 텐데…….

한류의 지속,
다양성과 시간에 달려 있다

이른바 '한류'가 세계의 주목을 받고 우리의 마음을 들뜨게 한다. '강남스타일'은 세계를 들썩이게 했고, 각종 드라마와 영화는 동아시아를 넘어 중동에까지 바람을 일으키고 있다. 그렇지만 우리 모두는 솔직히 그 미래를 낙관하지 못하고 알 수 없는 불안을 감지하고 있다. 어쩌면 그래서 점점 더 자극적인 방향으로 치달아 가고 있는 것인지도 모르겠다.

"백자 달항아리는 어떤 문명에서도 찾아 볼 수 없었던 한국만의 미적·기술적 결정체다. 한국의 브랜드 이미지를 정하라고 한다면 나는 달항아리를 심벌로 삼을 것이다.

한 국가의 문화적 이미지는 경제와 산업 분야에 막대한 영향을 미친다. 이제 한국은 문화적 정당성을 인정하고 그 의미를 만들어야 하는 시기에 도래했다"-중앙일보 2015년 6월 4일-

세계적 문명비평가인 프랑스 기 소르망 전 파리대 교수가 지난 6월 3일 한국에서 가진 한 강연회에서 한 말이다.

"한류 드라마를 보면 큰 집에서 살고 큰 차를 타고 낭비하고 살면 행복하다고 보는 것 같다. 다른 나라 사람들이 뭘 배우겠나. 천박하고 표피적인 문화는 오래갈 수 없다.

성형수술도 필요한 사람이 있지만 대부분은 아니다. 손재주를 꼭 그런 데 써야 하나. 선진국들이 기술이 없어서 성형수술을 확산시키지 않는 게 아니다.

K팝 같은 한류문화를 보면 흥겹지만 표피적이라는 느낌을 받는다. 뿌리 없이 표류하는 대중문화만 좇다가는 만주족처럼 사라질 수 있다"-동아일보 2015년 8월 31일-

우리의 낯을 뜨겁게 하는 이 지적의 주인공은 박근혜 대통령이 여름휴가 때 읽은 책으로 유명세를 탄 〈한국인만 모르는 대한민국〉의 저자 임마누엘 페스트라이쉬 경희대학교 교수다. 그는 미국 하버드대에서 동아시아 언어문화학 박사를 받았다.

"현란한 퍼포먼스의 K팝이나 멋진 남녀 배우가 나오는 한국 드라마는 보고 돌아서면 금방 잊히고 만다. 한류라고 부르는 한국 문화에는 중국인이 가슴에 새길 만한 깊은 맛이 없다.

한국 아이돌은 일본 가수와 구분이 안 될 정도로 특색이 없다. 각종 매체를 통해 넘쳐나는 대중문화의 홍수 속에서 한류가 패스트푸드처럼 쉽게 소비되는 것 같아 안타깝다.

문화는 전통적일수록 세계적으로 각광받으며, 뿌리가 없는 문화는 공허할 뿐이다"−2015년 9월 8일 조선일보−

상하이국제아트페스티벌 총재를 맡고 있는 불과 41세의 중국인 왕쥔이 지적한 날카롭고 따끔한 쓴소리다. 상하이국제아트페스티벌은 싱가포르, 홍콩국제아트페스티벌과 함께 아시아 3대 예술제로 꼽히고, 올해로 17년째를 맞는다.

각종 문화행사에 수시로 참석하다 보니 관심이 커져 눈여겨 본 기사들 중에 한류에 대한 외국 지성들의 진심어린 우려는 부지기수다. 그런데 우리는 여전히 속된 말로 '자뻑'에 빠져 제대로 된 성찰이나 새로운 활로의 모색에 게으르다.

기 소르망은 "대한민국은 조용한 아침의 나라와 다이내믹 코리아를 오락가락 한다"며 "모나리자에 견줄 수 있는 달항아리의 미적 가치를 왜 활용하지 않는가"라는 반문도 했다. 그렇지만 달리 생각하면 우리는 그 두 이미지를 양손에 쥐고 있기도 한 셈이다.

K팝과 드라마로 대표되는 한류는 다이내믹 코리아의 활용이었고, 그로 인해 대한민국의 이미지는 각종 국제 스포츠행사의 성과를 뛰어넘어 몇 단계 더 상승했다. 하지만 패스트푸드는 오래지 않아 정크 푸드로junk food 전락할 가능성이 농후하고, 이미 그 전조가 나타나고 있기도 하다. 1단계 다이내믹 코리아의 활용은 이쯤에서 그치고 이제 기어를 변속해야 할 때다. 그렇다고 남들도 다 한마디씩 하는 '우리의 전통을 살려' 운운은 하지 않으련다.

변속의 핵심 중 먼저는 다양성의 존중과 격려이다. 기 소르망의 말처럼 달항아리의 미적 가치를 탐구하는 것도 좋고, 전통과 상관없는 새로운 영역의 도전도 괜찮다. 다만 어느 것이든 눈앞에 돈이 보인다고 해서 몰아주기식 집중은 이제 그만 멈춰야 할 때이지 싶다. 속된 말로 '몰빵'이라 하던가.

대표적인 예가 언제부터인가 몰아치기 시작한 '셰프' 열풍이다. 물론 그 또한 나쁘지 않다. 다양한 요리의 개발은 새로운 관광산업으로 연계될 수도 있고 획기적인 먹거리상품의 대량생산으로 이어질 수도 있다. 그러려면 최소한의 진지성은 갖춰야 할 것이 아닌가. 한번 바람이 불자 관련 프로그램이 우후죽순처럼 늘어나는가 싶더니 하나같이 시시덕거리는 웃음소리가 난무한다. 넋 놓고 덩달아

웃다가보면 요리는 머릿속에 없고 기껏 식당은 어디에 있나 하는, 돌아서면 잊어버릴 호기심이나 남을 뿐이다.

비단 요리만이 아니다. 당장의 인기, 시청률, 구독률, 수익만 고려하다보니 기어를 교체할 수 없다. 잠시 왁자한 웃음이 멈춰져도 문화가 상승하면 소비자의 수준도 따라 오를 텐데. 그보다 더욱 안타까운 것은 뜻을 품은 청춘과 인재들도 어쩔 수 없이 시류에 손뼉을 맞추다가 슬그머니 포기할 수밖에 없게 되니 결코 존중과 격려가 되지 못한다는 것이다.

그보다 더 중요한 것은 시간이다. 대기는 만성大器晩成이라고도 하지 않던가. 더구나 문화는 겉으로 보기에는 한 장르라도 그 속은 온갖 장르가 뒤섞여 발효된 결실인데 기계로 찍어내는 공산품이라도 되는 양 조급한 것은 부실의 지름길이고 그것이 쌓이면 발전의 바탕마저 허물어지게 된다.

문화 콘텐츠 발전을 위한 정부의 지원책 역시 성과라는 굴레로 부실의 한계가 있다면 차라리 공영방송의 시청료를 대폭 올려 시청률에서 해방되고, 정치성 보도에서 자유로운 제도로 전체 문화발전의 교두보로 삼는 것도 한 방편이 될 것이다. 빛나는 보석을 품은 원석들이 제대로 된 손길 한번 받아보지 못한 채 먼지와 오물에 묻혀가는 것이 아닌가, 참으로 안타깝다.

문화로 만드는 강한 나라,
화랑과 선비정신에 길이 있다

가끔 우리 역사는 왜 이렇게 구질구질하냐고 투덜거리는 젊은 이들을 만나게 된다. 아주 이해 못할 바는 아니다. 끊이지 않은 외세의 침략에 전전긍긍 방어에 급급하고, 백성을 버리고 도망가거나 항복해 무릎을 꿇기도 한 왕조, 여기저기 외세의 눈치만 살피는 처지에서도 똘똘 뭉쳐 하나가 되기보다는 사익을 도모해 패거리나 지은 지배층…….

물론 부인할 수 없는 우리 역사의 한 부분이다. 그렇지만 가장 중요한 것은 어쨌거나 살아남아 5천 년을 이어왔다는 사실이다. 만약 인류 역사 속에서 수없이 명멸한 다른 그들처럼 우리의 역사도 절멸되었다면, 아마 유전자의 다른 조합으로 지금 우리는 이 세상에 존재하지도 않았을 것이다. 때로는 비루하고, 때로는 피눈물을 쏟으며 무릎을 꿇었지만 우리들을 태어나게 하고, 이 땅을 물려주기 위한 처절한 투쟁이 우리 역사이고, 눈살 찌푸려지는 대목은 그 위대한 투쟁의 작은 그림자일 뿐인 것이다. 온전히 땅만 물려준 것도 아니었다. 면면히 이어져 내려오는 동안 우리는 수많은 것들을 물려받았다.

꽃을 꽂아 장식하는 용도로 사용되기도 했지만, 여느 가정에서는 장醬을 담아 부엌 에서 사용했던 무색의 항아리를 현대의 미술가나 문명연구가는 대한민국의 심벌로 삼을 '백자 달항아리'로 극찬한다. 일부에서는 빼어난 것들을 골라 제기祭器로 쓰기도 했지만, '막사발'이라는 이름에서 알 수 있듯 일상에서 그저 사용하던 그릇이 일본에서는 '다완多碗'이라는 이름으로 국보로 지정되기도 하고, 지금도 많은 사랑을 받고 있다. 그밖에도 고려청자는 단초를 제공했던 중국조차 혀를 내두르게 했고, 천년이 넘는 세월 동안 이 땅의 것들을 수없이 도적질해 간 일본은 마침내 작은 소반 하나까지도 예사롭지 않은 눈으로 살피며 연구의 대상으로 삼았다.

너무 흔해서 눈에 들어오지 않았던 것이 아니라 미움과 원망, 부정의 마음이었기에 그토록 소중한 것들이 마음에 차지 않았던 것이다. 행복을 바로 곁에 두고 불행을 좇느라 제대로 지키지도 못한 셈이었다.

눈에 보이는 것들은 그래, 하고 통 크게 눈 감을 수도 있다. 그러나 그것들을 만들어낸 감각, 전통, 특히 정신을 잊어서는 안 된다. 오늘 세계 여러 나라에서 '한류'로 일컬어지며 사랑받는 이야기의 바탕도 결국은 우리 전통의 유산과 재해석의 결실이다. 그만큼 절절히 사랑했고, 그만큼 사무치게 아팠기에 세계인의 가슴을 적시고 감동을 불러일으키게 한 것이다. '아리랑'의 그 절절함이 체화되고 영혼 한 곳에 뿌리박혀 있지 않았다면, 꽹과리 소리 하나에도 어깨를 들썩이는 그 신명의 유전인자가 없었다면, 어찌 오늘 세계인의 마음을 사로잡아 환호하게 할 수 있었겠나.

이제는 그저 눈길을 잡고 환호를 얻는 것에서 한 발 더 나아가야 한다. 지금 환호하는 그들이 마음으로 우리 문화를 존경하고 따르도록 하는 그것이다. 우리에게는 '화랑'과 '선비'라는 소중한 정신유산이 있다. 생명을 귀하게 여기고, 인간을 존중하며, 몸과 마음을 닦아 염치와 예의를 알고, 이웃에 연민을 가지고 평화를 사랑하며, 놀이마저 풍류로 승화시키는 인간의 격, 즉 완성된 인격을 향한 쉼 없는 수양이다.

성性은 문란하다 못해 상품으로 전락하고, 사랑은 마음이 아니라 조건을 좇고, 돈이 세상을 희롱하고 지배하려 든다. 혀를 차고 고개를 젓는 사람들이 있기는 하지만 힘이 없어 아무것도 바꾸지 못한다 생각하며 눈을 감을 뿐이다.

사랑의 지고지순을 지키기 위해 유혹에 의연하고 희생을 인내한 사람들이 있었다. 사람을 구분하는 패악에는 의연히 항거하고 목숨마저 아끼지 않은 이들이 있었다. 돈의 천박함에는 절제하는 부로 귀감이 된 사람들이 있었다. 나라를 잃었을 때는 일신과 재산을 모두 바치고도 풍찬노숙을 감내한 사람들이 있었다. 희망과 청년을 위해 자신의 영달을 버리고 헌신한 이들도 있었다. 그런 이들이 화랑과 선비의 후예이며 우리의 자랑이다. 혹여 양반의 이중성으로 화랑과 선비의 정신을 비웃는 사람들이 있거든 맑은 물로 눈을 씻고 역사를 다시 들여다봐야 한다.

싹이 돋기 시작한 우리 문화, 화랑과 선비의 역사와 정신으로 꽃을 피워야 한다. 스스로를 비루하다 여기는 불행한 마음으로는 문화와 예술의 꽃을 피우지 못한다. 당당한 자부심, 자랑스러워 행복한 마음으로 세상 바꾸기에 나서야 한다. 빛나는 정신의 이야기, 가슴 벅찬 음악, 인간에 대한 사랑이 그득한 예술로 세계인을 감동시켜야 그들이 따라오고 일등 국민, 강한 나라가 되는 것이다.

창작의 꿈을 펼칠 마당에서 얻는 활력과 행복

홍대 앞 어린이공원을 비롯한 서울 시내 몇 곳에서는 정기, 부정기로 프리마켓이 열린다. 프리마켓Free Market은 예술창작자들의 작품을 팔고 사는 시장으로, 시중에서는 볼 수 없는 독특한 물건들이 매물로 나온다. '예술' '작품'이라니 일반 소비자와는 별 상관없는 물건일 것이라는 생각은 금물이다. 도자기로 만든 귀걸이부터 반지, 컵, 각양각색의 옷가지, 신발, 가방, 인형, 학용품, 장식품 등 그야말로 온갖 물건, 잡동사니라 할 것까지 다 나온다. 사용하거나 소용이 없어진 중고물건들을 교환, 매매하는 플리마켓(Flea Market 벼룩시장)과도 다르다.

운영은 홍대 앞의 경우 2010년 고용노동부로부터 사회적기업 인증을 받은 '일상예술창작센터'가 한다. 센터는 프리마켓에 참여를 원하는 이들의 등록을 받아 사진 등으로 미리 물품에 대한 사전 심사를 한 뒤, 개성과 창작성이 인정되면 마켓에 내놓을 수 있게 한다. 장점은 시중의 일반상품을 모방하거나 예술성이나 창작성이 떨어지는 조잡한 물건을 사전에 걸러 소비자의 신뢰를 얻을 수 있고, 등록제로 구매한 물품에 대한 A/S도 일정부분 가능하다는 점이다.

성과는 상당하다. 홍대 앞의 경우 2002년 6월 우리나라 최초로 열린 이후 지금까지 지속되고 있고, 찾는 사람도 꾸준히 늘고 있다. 지난 7월에 열린 프리마켓에는 110여 개 팀이 참가하고, 1만 5천여 명이 찾았다고 한다.

사람은 누구나 자신이 원하는 일, 특히 자신만의 창조에 골몰할 때 가장 큰 행복감을 느낀다. 더군다나 자신의 생각으로 만든 창작의 결과가 사람들의 관심까지 받는다면 그 행복감은 몇 배나 더 커질 것이다. 그러나 우리는 대부분 '내 생각이나 꿈을 내 손으로 직접'보다는 남의 밑에 들어가서라도 안정을 찾으려한다. 까닭은 꿈을 펼칠 마당도 여의치 않은 데다 관심을 기울여주는 사람도 없을 것 같기 때문이다. 그러니 아무리 생활의 안정을 누려도 마음 한 구석은 여전히 허전하고 뭔가 부족한 것이다.

재기발랄한 청춘은 말할 것도 없고 사람에게는 누구나 자신만의 이상과 환상이 있다. 이상이나 환상이라는 단어가 너무 거창하다면 시각이나 취향이라 해도 좋다. 어쨌거나 주부는 주부대로 일상에서 사용하는 용품들에 불만이나 아쉬움이 있을 것이고, 직장인은 직장인대로, 학생은 또 그 나름대로의 생각이 있을 것이다. 그런 아쉬움과 아이디어를 자신의 손으로 개선하거나 펼쳐볼 수 있게 하는 장도 앞으로 프리마켓이 지향할 바가 될 것이다.

난제는 언제나 생각을 실제 창작으로 연결하기 위해서는 보다 전문적인 섬세함, 손재주, 최소한의 설비나 기구가 필요하다는 점이다. 그러한 것들을 한 개인이 꿈이나 취향만으로 모두 갖춘다는 것은 시간과 비용 면에서 아무래도 부담이 될 수밖에 없는 노릇이다. 그로 인한 포기와 좌절은 우리의 빼어난 재능이 제대로 빛을 발하지 못하는 원인이기도 하다.

프리마켓을 조금 확대한 '열린마당'을 생각해본다. 창작자의 물건을 내놓는 것과 함께 섬세함, 기능과 설비, 아이디어를 종목별로 묶어 사람과 사람이 만나는 장도 더불어 여는 것이다. 주부나 직장인의 실용적 개선안, 전문적 교육을 받은 디자이너, 경력과 설비를 갖춘 이가 뭉치면 한 단계 더 나은 창작품이 나올 가능성은 훨씬 높아질 테니 말이다. '프리마켓'이나 '열린마당'의 장은 소량의 시제품으로 시장의 평가를 들을 수 있으니 개선과 확신도 가능할 테고.

관광이 활성화되고는 있지만 산업으로의 폭은 넓어지지 않고 있다. 지역마다의 특성을 살린 기념품이나 그에서 확산되는 캐릭터 등의 다양화는 지방 관광산업의 새로운 활로가 될 수 있다. 그 지역의 특성을 가장 잘 아는 이들이 저마다의 관점으로 기념품이나 캐릭터의 아이디어를 내고, 전문가들이 힘을 모아 시제품을 만들어 시장의 반응을 살핀다면 다양한 가능성이 있지 않겠는가. 특히 3D 프린터의 등장은 보다 수월한 실험을 가능하게 하니 지방자치단체의 적극적 개입이 필요해 보인다.

요즘은 정년으로 퇴직하고 비교적 안정된 삶을 구가하는 장년층이 사진, 그림 등의 다양한 취미활동을 하고 있고 세계 각지의 풍경, 인물, 야생화 등 다양한 장르에 천착한다. 그분들에게 그저 혼자나 동호인끼리 즐기는 취미에 그치지 않고 '예술마당' 같은 시장을 제공한다면 훨씬 더 활기차고 행복할 수 있지 않겠는가. 그런 예술마당을 통한 예술의 일상화는 대중의 문화적 수준도 한층 더 높일 뿐 아니라 그를 통한 삶의 만족도 커질 수 있을 테고.

프랑스 파리를 여행하며 몽마르트 언덕을 찾지 않는 사람은 없고, 그곳에서 수많은 화가들이 자신의 작품을 내놓은 시장을 곁눈질로라도 보지 않은 사람은 없을 것이다. 관광객 중 적지 않은 사람이 그곳의 이름 없는 화가들의 작품을 사기도 한다. 들뜬 기분의 즉흥적 구매가 아니라 나름 자신의 취향에 따른 예술작품의 선택이고, 돌아가면 집안에 걸어놓고 기쁘게 감상하며 파리를 추억한다. 우리에게도 그런 예술마당이 필요하다.

이제 사회전반에 대한 공적지원은 불가피한 정부의 의무가 되었다. 그렇지만 개별적 현물의 지원은 영원히 한계가 있고 행복과도 거리가 멀다. 행복은 스스로 활력을 찾아 도전하고 기대할 수 있을 때 가능하다. 혼자서는 상상에서 그칠 꿈을 제대로 펼칠 수 있는 마당의 확대, 행복을 위한 하나의 해답이고 공적지원의 궁극적 지향점이 되어야 할 것이다.

'패자부활전'이 있는 세상

어떤 행복도 불안을 이길 수는 없다. 불안이라는 놈이 버티고 있는 한 행복은 찾아오지도 않는다. 불안이 깊으면 깊은 만큼 행복을 찾아 나설 수 없기도 하다. 행복을 찾아 나서지 못하는 불행으로 우리 사회는 보편적 우울증을 앓고 있다고 보아도 크게 틀리지 않을 것이다. 행복을 엄두내지 못하는 우울 속에서 기껏 위안거리나 찾고 있는 것이 오늘 우리의 모습인지도 모른다.

시답잖은 웃음거리로나마 불안을 잊을 수 있거나, 희망은 아니어도 그럭저럭 현실을 지켜갈 수 있는 사람들은 서글프지만 그나마 다행이라 할 수 있다. 하지만 이제 막 세상 밖으로 나온 청년들이 불안에 짓눌려, 치열한 경쟁의 정해진 몇 가지 길 외에는 다른 어느 것도 감히 시도하지 못한다는 것은 참으로 우려스러운 일이다. 평생, 혹은 오랜 기간 직장에 헌신하다가 이런저런 이유로 나와 남은 생을 준비해야하는 장년들도 불안에 짓눌리기는 마찬가지고, 그런 점이 지금 우리 사회의 갈등과 불행의 가장 큰 원인이 되고 있다.

모든 생명체는 절박할수록 극단적 모험에도 나서고 기적을 일으키기도 한다. 또한 그런 기적들이 인류 문명발전에 기여한 바도 크다. 오늘 청·장년의 위기 역시 절박이라는 단어가 무색하지 않을 정도이다. 그렇지만 기적을 기대할 수 있는 모험까지는 아니더라도 당장의 난관을 타개하기 위한 작은 모험조차 망설이다가 포기한다. 어쩌면 망설임조차 없이 외면하는 것이지도 모른다. 까닭은 오직 하나, 한 번의 실패는 곧 나락이 되기 때문이다.

지금 우리사회의 제도는 단 한 번의 실패에도 가혹하기 이를 데 없는, '재기허용 불가'에 가깝다. '청년실신'이라는 신조어가 있어 뜻을 물어봤더니 '청년실업'과 '청년신용불량'의 합성어란다. 청년실업은 그렇다고 하더라도, 청년이 벌써 신용불량이라니 의아했는데 학자금대출 상환지연이 대부분 원인이란다.

은행관계자에게 물어봤다. 자신들도 다수 신용불량자의 '비불량성'을 인정한다는 것이다. 그렇지만 대상자의 각종 금융거래기록 등을 근거로 거의 전산시스템에 의해 획일적으로 정해지는 평가를 사람의 판단으로 거슬렀다가는 그 자체만으로도 벌써 징계의 대상이란다. 세상에, 벌써 사람이 기계의 판단에 무조건 복종해야 하는 시스템이라니…….

물론 사람의 재량권 행사가 안고 있는 여러 위험 요인이 일으킨 제반 사고가 오늘의 기계적 시스템을 만든 근본 원인이기는 하다. 그런데 사실 지난 그 사고라는 것을 꼼꼼히 들여다보면 다수의 '비불량성' '일시적 불량자'는 크게 해당되지 않는 편이다. 그럼에도 학자금대출이 일자리문제의 청년실업과 맞물린 '일시적 곤란'에까지 획일적인 '불량'의 굴레를 씌우는 것은 너무도 가혹하다.

오랜 경험이 축적된 장년에 있어서도 다르지 않다. 직장과 시장의 다름은 그들의 축적된 경험에도 일시적인 실패를 겪을 수 있다. 그렇지만 그 단 한 번의 실패로 재도전의 기회를 차단한다면, 더구나 장년은 인생 전체가 나락으로 떨어지고 만다. 어쩌면 그런 사례와 두려움 때문에 경험과 상관없이 남들도 다 하는 안정추구의 '따라 하기'가 더욱 많은 실패를 낳는 것인지도 모른다.

비단 금융의 문제만이 아니다. 허가, 신고, 심사, 협력, 지원 등 우리 사회의 여러 부분에서도 실패의 경력이 받는 차별과 불이익은 상상 이상이다. 생각을 달리하면 실패 역시 성공에 버금가는 경력으로 그렇게 불량의 조건으로 삼을 일만은 아닌데 말이다. 실제 창업과 그 기업의 M&A가 경제의 활력소가 되고 있는 이스라엘의 경우 실패를 경험으로 인정하고 있기도 하다.

패자부활전이 어렵지 않은 사회여야 끊임없는 도전이 가능하다. 다시 재기할 수 있는 제도의 구비가 모험과 도전을 망설이지 않게 하고, 그런 정신에서 기적도 나올 수 있는 것이다. 불안으로 도전이 불가능해 어차피 한계가 있을 수밖에 없는 좁은 일자리에 목을 매고 청춘을 허비하게 하는 것은 점점 그 한계를 키우는 일이 될 뿐이다.

일자리 창출의 한계를 정직하게 털어놓고 대안을 제시하는 길이 문제의 근본적 해결책이고 더 큰 성장을 위한 길이다. 기계적 심사가 아닌 사람이 사람의 가능성을 심사하고 판단해 지원할 수 있는 제도적 개선도 실행되어야 한다. 책임을 피하기 위해 희망의 싹을 자르고, 청년과 장년을 벼랑으로 모는 끝은 결국 공멸이 될 뿐이라는 사실을 잊지 말아야 할 것이다.

FREEDOM

자유, 그 위대한 힘

자유에는 일반적으로 두 가지 의미가 있다. 하나는 '외부로부터의 규제가 없는 상태', 또 하나는 '자신이 하고자 하는 일을 생각대로 할 수 있는 상태'이다. 그렇지만 여기서 정치적, 철학적 의미를 논할 뜻은 없고, 규제나 속박 없는 소극적 자유이든, 생각대로 할 수 있는 적극적 자유이든 중요한 것은 각자가 느끼는 자유로움이다.

자유,
자신의 극복이 먼저고 끝이다

자유에는 일반적으로 두 가지 의미가 있다. 하나는 '외부로부터의 규제가 없는 상태', 또 하나는 '자신이 하고자 하는 일을 생각대로 할 수 있는 상태'이다. 그렇지만 여기서 정치적, 철학적 의미를 논할 뜻은 없고, 규제나 속박 없는 소극적 자유이든, 생각대로 할 수 있는 적극적 자유이든 중요한 것은 각자가 느끼는 자유로움이다.

우리는 모두 자유를 입에 달고 살지만 완전한 자유를 누리고 있다고 생각하지는 않는다. 그 부자유가 반드시 법적, 폭력적과 같은 강압에 의한 규제에 의한 것이 아니더라도 스스로 정한 규제에서 벗어나지 못하는 때문이다.

혼자가 아닌 다수의 사람이 사회를 구성해서 사는 이상 완전한 자유는 불가능한 노릇이다. 또한 그런 공동사회 유지를 위한 일정한 규제는 대부분의 사람들이 동의하고 지키려 하기에 그것을 일탈하는 이들에게 가해지는 일정한 제재나 벌은 정당하다고 여긴다. 물론 그런 공동을 위한 공적 규제도 온전히 모든 이들의 동의를 받는 것은 아니기에 논란도 있다. 그렇지만 보다 중요한 것은 스스로가 스스로를 규제하는 경우다.

좀 더 노골적으로 말해보자. 우리는 누구나 적어도 한두 가지의 콤플렉스는 갖고 있다. 키나 체중 같은 외모, 지명도 낮은 대학이나 지방대 같은 학벌, 가족관계, 성장환경, 경제적 형편 등 저마다를 억누르는 기제는 수없이 많다. 그러한 기제들에 억눌리면 타율에 의한 속박보다 더 부자유스럽고, 그로 인해 자신의 의지를 펼치지 못하고 좌절하는 경우가 실패의 다수 전형典型이다. 결코 개별적 능력의 차이가 성공과 실패를 가르는 전부는 아니라는 의미이다.

일본에서 노벨상 제조공장이라는 영광스러운 호칭을 듣고 있는 대학이 나고야대학이다. 1939년 일본의 7개 국립대학 중 하나로 설립되었지만 최고 명문이라는 도쿄대학에 비해 교수진 숫자는 3분의 1에 불과한 규모이다. 학생의 절반은 학교가 있는 아이치愛知현 출신이고, 주변 지역 출신까지 포함하면 80퍼센트에 달하니 전형적인 지방대학인 셈이다. 그렇지만 나고야대학은 2001년 노요리 료지野依良治 교수를 시작으로 2014년까지 모두 6명의 과학부분 노벨상 수상자를 배출했다. 모두 나고야대학 교수로 재직 중이었고 그중 3명은 학부, 1명은 박사 출신이다.

하마구치 미치나리浜口道成 총장은 그 비결로 몇 가지를 들었다.

"빨리 정확하게 해답을 찾는 대학입시가 학생의 능력, 특히 과학자의 자질을 평가할 수는 없다. 나고야대는 시험성적은 떨어지더라도 잠재능력이 있는 학생들이 재능을 꽃 피우게 하는 대학이다. 노벨상 수상자의 박사 학위 취득 대학은 나고야대가 5명으로 도쿄대와 비슷하고 쿄토대보다는 훨씬 앞선다."

"하코네세키箱根關를 넘지 말라는 말이 있다. 하코네세키는 에도시대 나고야에서 도쿄로 가는 길의 검문소를 말한다. 도쿄대 등 중앙을 의식하지 말고 독자적으로 판단하고 연구하라는 의미다."

"실패에 좌절하지 않는 끈기와 유행에 흔들리지 않는 둔감력鈍感力이 나고야대 출신 노벨상 수상자의 공통점이라고 본다. 유행에 민감한 대도시 출신보다 지역 출신이 많은 나고야대학이 그런 면에서는 유리하다."

"나고야대학의 교수진은 가장 우수하기 보다는 개성이 강한 연구자들이다. 교수 선발은 네이처·사이언스 같은 유명 과학잡지 논문 게재 편수로 평가하지 않는다. 인터뷰를 통해 얼마나 독창성 있는 연구를 할 수 있느냐로 평가한다. 기존 대학의 연구 시스템이나 학풍에 반기를 든 자유스러운 젊은 연구자들이 많다. 자유로움이 나고야대를 대표하는 학풍이다."

"나고야대학 학생 취업률은 98퍼센트를 넘는다. 대기업만 고집하지 않기 때문이다. 절반은 졸업생이 단 한 명만 뽑는 중소기업을 선택한다. 대기업에 합격해도 지역 기업을 선택하는 졸업생도 드물지 않다. 중소기업이 훨씬 책임감을 갖고 자신의 능력을 발휘할 수 있기 때문이다."-조선일보 2015년 1월 8일 참조-

노벨상이 위대하다는 뜻이 아니다. 자유가 일궈낸 성과를 생각해보라는 것이다. 가장 큰 부자유와 장애는 스스로가 만든 속박이다. 자신이 자신을 자유롭게 하는 진정한 자유 없이는 희망도 성공도 기대할 수 없는 일이다.

밥그릇 사수에서 벗어나는 자유

책을 마무리할 무렵 금년도 노벨상 수상자 발표가 이어졌다. 우리 언론이 탄식하는, 지난해에 연이은 일본의 과학상 수상에 대해서는 더 말할 것도 없지만, 개인적으로 더욱 안타까운 마음이 들었던 것은 중국 중의학연구원 투유유屠呦呦 교수의 생리의학상 수상 소식이었다.

올해 85세인 투유유 교수는 개똥쑥에서 항말라리아 효과가 있는 아르테미시닌이라는 성분을 찾아낸 공로로 수상했다. 그런데 투 교수가 아르테미시닌을 찾아낸 것은 이미 1971년이었다고 한다. 언론에서는 그녀가 여성인 데다 박사학위나 유학 경험도 없고, 오랫동안 과학에 종사했지만 중국정부에서 최고 과학자에게 주는 원사院士 칭호조차 받지 못해 수상이 늦어진 것으로 여겼다. 물론 그런 면도 없지는 않을 것이다. 그렇지만 보다 근본적인 원인은 아직 완전한 과학적 검증을 하지 못하는 전통 중의학中醫學에 대한 막연한 불신과 무관심이 서양사회에 오랜 기간 유지되어왔기 때문이라는 생각이다.

그녀는 동진東晋 시대의 학자 갈홍葛洪의 〈주후비급방肘后備急方〉이라는 의학서에 나오는 '한 줌의 개똥쑥을 한 말(2리터)의 물과 함께 짜내 즙으로 만든 후 마시면 말라리아에 효험이 있다'는 대목에 주목해 연구를 시작했다고 한다. 아마 독자들 모두 단번에 허준 선생의 〈동의보감〉을 떠올릴 것이다.

경북대학교 의대 조교로 연구하기도 했고, 식품미생물학을 전공하면서 대구가 우리나라 최고의 약령시라는 점은 언제나 마음 한 구석에 남아있었다. 비록 〈동의보감〉으로 대표되는 전통 한의학韓醫學의 효능을 현대과학으로 모두 확인하고 검증할 수는 없지만 천년이 넘는 그 역사의 결실은 과학의 잣대로 이해하지 못하는 정도를 넘어 실제 하지 못하는, 현대과학의 한계일 수도 있다는 생각 때문이었다.

중국 약학계로부터 대구 약령시에 대한 관심과 협력 제안을 몇 차례 접하면서 중국 의학계를 주마간산으로나마 살펴본 적이 있다. 중의학이나 우리 한의학이나 같은 뿌리에서 나온 것이지만 중국이 우리와 다른 것은 이미 1950년에 '중의와 서의西醫는 서로 단결해야 한다'는 마오쩌둥毛澤東의 '중서 결합 방침'에 따라 중국 전통의

학과 서양에서 유입된 현대의학의 협력이 시작되어 지금은 의학계의 일반적 현상으로 자리 잡았다는 것이다. 이를테면 대학교 이름은 '중의학대학'이라도 전통 중의학과 약학은 물론, 학년에 따라 서양의학의 일반적 과정도 수학하고 심지어는 수술 참여, 서양의학 진료까지 실행한다는 것이었다.

우리는 정례적으로 의사와 약사, 양의와 한의의 영역 분쟁을 목격할 수 있고, 그 강도는 '사수死守'라는 구호가 말해주듯 거의 죽기 살기에 이를 때도 있어 두려움을 느끼기도 한다. 두 영역 마찰의 대표적인 사례는 한의사는 서양의학 의료기기를 사용할 수 없고, 약국은 한의약을 다룰 수 없다는 것이다. 그에는 학문적 자존심도 있겠지만 한편 밥그릇 싸움이라는 점도 국민 대부분은 알고 있다.

그들을 비난하거나 한쪽 편을 들자는 뜻은 아니다. 다만 그 선망하던 의사, 한의사 자격증이 이제는 빛이 바랠 정도로 위축되는 시장 상황에서 선을 가르고, 상대를 밟고 일어서려 하기보다는 화합과 협력으로 상생과 발전의 방향으로 나아가야 될 것 같다는 생각이다.

사실 투유유 교수의 노벨상 수상도 오직 전통의학으로만 연구했다면 결코 그만한 성과를 거두지 못했을 것이다. 1950년부터 실시된 '중서 결합 방침'이 크게 일조했음은 불문가지不問可知다. 당장 일부에서는 정부의 지원을 촉구하는 목소리가 나온다. 물론 시급히 고려해야 한다. 그렇지만 보다 중요한 것은 양의, 한의로 나뉘어 자신의 울타리에 스스로를 가두는 규제를 벗어던지는 자유의식이다. 천년의 지혜가 담긴 한의학과 첨단과학의 정수인 양의학이 서로 손을 잡고 연구하면 미래 신산업인 바이오산업에서 큰 성과를 기대할 수 있을 것이 분명하다.

깊은 연구로 큰 성과를 거두겠다는 목표는 관심 없고, 그저 현재의 영역에서 누릴 수 있는 것들이나 지키려는 이들도 있을 것이다. 그렇지만 현재의 밥그릇에 대한 집착을 벗어던지면 훨씬 더 큰 영역을 만들고, 그로써 더 많은 것을 누릴 수 있다는 점도 생각해 보았으면 한다.

반드시 노벨상이 아니어도 좋다. 기실 일 년에 한 번 수여하는 노벨상 역시 그 기회의 제한성으로 보다 큰 성과를 놓치는 경우가 없지 않을 것이다. 그러니 노벨상 그 자체만으로 희비를 논할 바는 아니다. 의학이든 과학이든 문학이든, 본연의 자세로 보다 나은 성과와 발전을 위해 노력을 기울인다면 언젠가 찾아올 노벨상은 그야말로 덤일 뿐인 것이다. 미래를 위해서는 스스로 쳐놓은 울타리를 걷어내고 다양성의 세상에 동참하는 진짜 자유의지의 발현이 가장 필요하다.

개혁입법이라고요?

일 년에 얼마나 많은 법이 제정되는지 일일이 세기도 어렵다. 법이 제정되면 시행령이 뒤따르고, 그 뒤에는 규칙 조례 등이 또 이어지는 까닭이다. 뭐 어쩔 수 없는 노릇이다. 세상의 흐름이 변하면 여기저기서 새로운 문제가 불거지고 불만이 제기되니 법으로 고치고 보완할 수밖에 없기도 하다. 규제를 풀자는 '개혁입법'의 목소리가 아무리 높아도 결국은 갈수록 규제가 늘어나는 까닭이다.

행정부나 정치권만 비난할 수도 없다. 국회 앞을 가 보면 하루도 빠짐없이 저마다 법을 제정하라는 청원의 시위가 이어지고, 보도로 전해진다. 언론도 수시로 법 제정의 필요성을 강조한다. 크게 관심 없던 사람들도 저절로 매사에 법이 필요한 것 같아 법 만능에 젖어든다.

시각을 바꿔 원점으로 돌아가 보자. 일단 법은 규제가 주된 목적이다. 할 수 없고, 해서는 안 되는 것들을 강제하는 것이 우선이다. 그래서 법이 많아지면 그만큼 자유가 옥죄이게 되는 것은 필연이다. 민원을 받고, 법을 집행하는 기관으로서는 마다할 이유가 없다. 억울하다며 법을 만들어 달라는 사람이 있으면 규제를 받는 쪽도 생긴다. 상반되는 양측 사이에서 난처하던 기관은 법이 만들어지면 그 법을 내세우면 책임을 벗을 수 있다. 게다가 규제라는 무기는 집행기관에는 권력이 된다. 우리는 이미 진작부터 그 권력의 횡포에 진저리치고 있다. 그럼에도 무슨 일만 생기면 여전히 일단 법부터 주장한다.

'그놈의 법 때문에' '규정 때문에'라는 불만이 여기저기서 불거져 나온다. 법에 대한 불만이 있다고 또 그만큼 법의 혜택을 보는 사람이 늘어나는 것도 아니다. 처음에는 법이 모든 것을 해결해줄 것 같았지만 결국은 그 법이 자신의 발목마저 잡는 경우가 허다하다. 결국 이제는 대통령이 나서 규제를 푸는 개혁입법을 강조하는 지경에까지 이르렀다.

규제를 푼다는 것은 법조항에서 불필요한 조항을 삭제한다는 뜻이나 다름없다. 그런데 규제를 푸는 것도 새로운 법의 제정으로 하려 들어 또 다른 규제가 생긴다. '법 만능'이 빚은 폐해의 전형이다. 원칙은, 법으로 정해서 할 수 있도록 하는 것이 아니라, 해서는 안 되는 최소한의 규제에 저촉되지 않으면 무엇이든 할 수 있어야 하는 것이다.

우리가 잘 알고 있는 고조선 8조법은 말 그대로 8개 금지조항이 전부였다. 돌기둥에 새겨져 오늘날까지 거의 원형 그대로 전해지는, 기원전 1800년경의 함무라비 법전은 282개 조인 것으로 알려진다. 그때도 국가와 사회가 있었고, 사람간의 분규와 범죄가 있었으며, 다양한 형태의 경제활동이 있었으니 기본적으로는 오늘날과 크게 다를 것이 없다. 그래서인지 이른바 기본 육법인 헌법(130개 조), 형법(372개 조), 민법(1118개 조), 상법(935개 조), 형사소송법(493개 조), 민사소송법(502개 조. 이상 공히 부칙은 제외)은 세상의 비약적 다양성에 비해 조항 수로는 그리 큰 증가라 할 수 없는 정도다. 문제는 그 기본법에서 파생된 법들이다.

간단한 예를 들어보자. 얼마 전 헌법재판소는 '폭력행위 등 처벌에 관한 법률' 중 일부 조항에 대해 위헌 선고를 했다. 자세한 법률적 논지까지 펼 필요는 없기에 요약하자면, 형법과 중첩되는 조항에 대해서 검사의 기소에 따라 형벌불균형이 야기될 수 있다는 것이 이유였고, 재판관 전원일치의 판단이었다.

당초 그 법은 사회에 폭력범죄가 만연하여 엄단할 필요가 있다는 편의에 따라 제정된 법이었다. 아주 단순하게 말하자면 형법의 관련조항을 개정해야 할 것을 특별법을 만들며 여러 부수조항까지 늘어난 것이었다. 그와 같은 특별법은 경제범죄 특별처벌 법규를 비롯해 갈수록 늘어나는 추세이며, 범죄에 대한 가중처벌에 보편적, 사회적 동의도 얻고 있기는 하지만 진지한 고민이 필요한 대목이다. 특히 이미 사문화死文化 된 법률까지 공식적으로 폐지되지 않은 채 버젓이 존재한다는 것은 법의 혼란의 불씨가 될 수 있는 일이다.

그보다 더욱 문제인 것은 넘쳐나는 과잉 행정법이다. 다시 간단한 예를 들어보겠다. 어떤 이가 집을 지으면서 천장을 조금 높게 하고, 그 안에 사람의 활동이 용이한 다락방을 만들었다. 물론 그 사람은 집안 내부에서 하는 인테리어 차원으로 생각하고 허가도면에는 다락방을 적시하지 않았다. 그 경우 다락방 높이에 따라 건축법 위반에 해당할 수 있다. 고의적으로 층간 높이를 아주 많이 높여 집안에 실질적인 2층을 만든 것이 아니어도, 사람이 허리를 수월하게 펼 수 있는 높이면 해당될 수 있다는 것이다.

행정당국의 입장에서 보면 건축면적을 줄여 세금을 덜 내려는 악의로 볼 수도 있다. 그렇지만 가뜩이나 치솟아 선뜻 엄두가 나지 않는 집값에, 조금이라도 여유 공간을 더 얻고 싶은 사람들 입장에서는 아파트나 오피스텔의 작은 다락방도 숨통이 된다. 물론 관련 공무원들도 그런 점을 모르지 않는다. 그렇지만 무슨 이유에서건 누군가가 법조항의 원칙을 들이대면 책임을 면하기 어려우니 엄격한 잣대를 들이댈 수밖에 없는 것이다.

어느 쪽이 옳다고 명확히 단정 지을 수는 없다. 그렇지만 법은 최소한이었으면 좋겠다는 것이 개인적 생각이다. 위의 경우에도 건축물의 안전 등과 관련해 부득이 하다면, 이를테면 '주거용 건축물의 층간 높이는 몇 미터를 초과할 수 없다'는 한 가지 규정으로 단순화하는 것 말이다. 그리고 집안 내에서는 어떤 형식으로 사용하든 그것은 개인의 자유로 관여하지 말았으면 한다는 것이다. 그와 같은 편의에 앞선, 자유권의 존중에 대한 기본적 의식이 있어야 개혁입법도 구호에서 그치지 않는 실질적 개혁이 될 것이다.

안전을 위한 규제,
아무리 엄격해도 OK!

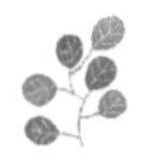

자유의 기본은 사회적 안전이다. 다시 거론하고 싶지 않지만 세월호의 끔찍함은 잊혀져가던 대구지하철 참사의 악몽까지 떠올리게 해 아직도 진저리쳐질 때가 있다. 그럼에도 우리 사회 곳곳에는 여전히 안전망의 구멍이 허다하다.

세월호 사건에서도 예외 없이 관련된 여러 법이 제정되어야 한다는 목소리가 줄을 이었고, 그 지연에 대한 비난도 이어졌다. 그렇지만 오늘도 여전한 여러 행태를 보아서 알 수 있듯 비슷한 사고의 우려는 별반 달라지지 않았다. 법의 미비보다 그 준수와 집행의 허술함이 더 큰 이유라는 증거이다.

촘촘히 짜인 그물 같은 법망은 참으로 귀찮게 자유를 구속하고 이익을 저해한다. 조금만 느슨하면 더 많은 이익을 얻을 수 있기에 어떻게든 감시의 눈길을 피하려 애쓴다. 사고는 재수가 없어

서이고, 인명은 재천이니 아무리 애써도 인력으로 다 막을 수는 없다는 기이한 논리도 동원된다. 감시하고 집행하는 사람도 까탈을 피우기 귀찮고 면구스러운 데다 은근한 유혹까지 있으면 설마, 오늘 재수가 없지는 않겠지 하며 눈을 감는다.

소비자도 다르지 않다. 배에 실은 자동차 안에서 한 숨 눈이라도 붙이고 싶은데 하차를 요구하면 성가시다. 지금은 좀 나아졌지만 고속버스 안에서 안전벨트를 매는 것조차 불만인 사람들도 여전히 있다. 법망을 피해 이익을 늘리려는 자, 귀찮아서 자유 아닌 방종을 택하려는 자, 그들에게서 눈길을 돌리는 법 집행자. 그렇게 삼위일체가 맞아 떨어지면 법이 수십 겹의 그물을 치고, 아무리 재수가 좋아도, 인명재천의 행운 따위는 없다.

오늘 벌어지고 있는 법에 대한 기대와 법 만능주의는 실상 법은 있는데 제대로 지키지 않으니 지키도록 하는 법을 만들자는 발상에 다름 아닌 경우가 대부분이다.

'먼저 있는 법에 대한 집행은 엄격할 것이며 처벌은 강력할 것이다' '감시하는 공무원의 부정과 나태에는 조금의 동정도 없을 것이며, 그로 인해 빚어진 사고로 국가가 책임을 지게 되면 무한책임을 물을 것이다' 그렇게 분명하게 선언하고 단호히 집행하며, 안전을 위한 법은 더욱 강화될 것이고 그것은 자유의 제한이라는 점도 명백히 해야 한다. 그리고 가장 중요한 것은 '규칙을 준수하지 않아 받는 불이익에 국가는 어떤 책임도 지지 않는다'는 선언이다. 아무리 법이 완전해도, 감시와 집행이 철저해도, 자유를 제한 받기 싫은 한 사람이 있으면 모든 것이 무용지물이 되기 때문이다.

자유를 제한받고 싶은 사람은 아무도 없다. 그러나 자신의 자유를 지키려면 자신의 책임을 다하는 것이 먼저다. 최소한의 안전 수칙조차 지키지 않고서 사회와 국가를 탓할 자격은 없다. 각자가 자신의 최소한을 엄격하게 지킬 때 국가와 감시자, 부당한 이익을 도모하려는 자는 두려움을 느껴 존중하고 안전을 위해 최선을 다한다.

모든 규제는 최소한이 되어야 한다. 국가가 국익이라는 이름으로 국민의 자유를 무작정 제한하려 든다면 항거할 수 있다. 국가의 존재 이유는 국민의 자유권을 지켜주기 위함이 첫 번째이기 때문이다. 그렇지만 국민 전체의 안전을 위한 자유권의 제한에는 다소 과함이 있더라도 일단 복종해야 한다. 나태한 한 사람의 방종이 전체를 위험에 빠트리기 때문이다.

자유를 지키기 위해 자유를 내려놓는 아이러니이지만 안전이 담보되지 않는 세상에서의 자유는 그 의미를 찾을 수 없다는 것은 인정할 수밖에 없는 일이다.

전범으로 삼아야 할 히딩크 정신

사고만 우리의 안전을 위협하는 것은 아니다. 고의에 기인한 각종 범죄의 사건, 특히 예측불가능하거나 대비를 초월, 또는 어쩔 수 없는 한계의 재난도 우리의 안전을 위협하고, 때로는 여느 사건·사고를 훨씬 뛰어넘는 상상 이상의 피해를 안겨준다. 국민이 세금을 내고, 국가의 권력 행사에 따르는 것은 바로 그런 사고·사건·재난으로부터 국민을 보호할 수 있게 미리 대비하고, 피해를 최소화하며, 신속한 복구를 기대하기 때문이다.

지난 늦봄 우리를 찾아온 불청객 메르스는 엄청난 불안과 인적, 경제적 피해를 남겨 재앙이라는 단어를 실감하게 했다. 초기에 관련기관이 경각심을 잃지 않고 제대로 대처했더라면 재앙은커녕 흔히 있는 전염성 질병처럼 가볍게 끝날 수 있는 일이었다. 여러 원인이 있겠지만 전문가의 일사불란한 지휘가 아닌 사령탑의 혼재와 여론에 휘둘린 임기응변식 대처가 화를 키웠다. 특히 정치권의 지나치고 느닷없는 개입은 실제보다 더 큰 불안을 야기해 더욱 혼선을 빚게 했다.

우리는 지난 2002년 월드컵 국가대표 감독을 역임한 거스 히딩크를 아직도 기억하고 있다. 그저 월드컵 4강 신화의 감독으로서 기억하는 것이 아니라 기적을 이룬 주역으로 존경하고 사랑하는 것이다.

알다시피 그는 월드컵이 불과 2년도 남지 않은 2000년 11월 우리 대표팀 감독에 취임했다. 초기에 그에 대한 우려가 어느 정도였는지 우리는 아직도 기억한다. 우물가에서 숭늉 찾는 급한 성정의 여론은 패전의 소식만 들리면 그의 무능이라 질타하고 회의적 막말도 서슴지 않았다. 축구협회 등 관련기관이 그를 지켜주기는 했지만 눈과 귀가 있는 그는 무척 서운하고 분노도 했을 것이다. 그렇지만 히딩크는 자신의 계획과 전략을 꾸준히 밀고 가며 준비했고, 선수 저마다의 재능과 능력을 꿰뚫었다. 그리고 마침내 누구도 상상하지 않았던 기적의 성과를 거두어 국민을 행복하게 했다. 그때 우리는 참으로 '행복!'했다.

전문가에게 전권을 넘겨주는 것은 '책임 있는 자유권'을 주는 것이며 그 자유권이 기적을 만들어내기도 하는 것이다.

인류가 생존하는 한 사건·사고는 혹시 몰라도 재난은 영원히 존재할 것이다. 그때마다 전문가를 구하고 사후약방문으로 허둥거려서는 국민의 신뢰를 받고 국민을 행복하게 하는 정부는 영원히 되지 못한다.

아무런 징조가 없어도 미리 각종 재난을 염두에 둔 대비팀을 꾸려 매뉴얼을 만들고 업그레이드 시켜나가야 한다. 무엇보다 중요한 것은 그 대비팀을 책임질 지휘자를 전문가로 신중하게 선임해 전권을 부여하는 것이다. 한번 선임한 지휘자에 대해서는 전폭적인 신임으로 힘을 실어주고 외부의 다른 소리에 흔들리지 말아야 하는 것은 더욱 중요하다. 그리고 실제 상황이 벌어졌을 때는 지위고하를 막론하고 그의 지휘에 따라 일사분란하게 움직여야 한다. 다른 의견이나 건의도 그에게 전달해 판단을 따르는 것이 중구난방보다는 훨씬 더 효율적이 된다.

파키스탄에서 오사마 빈 라덴 사살작전을 실행할 때 미국 백악관의 처신을 우리는 방송화면과 보도사진으로 생생하게 목격했다. 작전책임자인 연합특수전 부사령관 마셜 B. 웹 준장이 상석에 앉아 지휘하고, 대통령을 비롯한 그의 상사 모두가 뒤편에서 초조하게 지켜보기만 하던 모습은 저절로 실용과 신뢰라는 단어를 떠올리게 했다.

장관이라고 한 마디, 시장이라고 한 마디, 고위 당정관계자라고 수시로 드나드는 정치적 외풍 속에 상황대처보다는 브리핑이 먼저 실무자를 지치게 하는 풍토는 정말 바꿔야 한다. 전화로, 그것도 부책임자쯤에게 상황을 물어 국민을 안심시키고 조언하고, 책임자는 본연의 업무에 전념할 수 있도록 하는 시스템으로 바뀌면 국민은 방관한다고 비판하는 것이 아니라 오히려 정치와 정부를 신뢰하게 될 것이다.

경찰을 비롯한 수사기관의 부정과 비리가 눈살을 찌푸리게 하고 국민을 분노하게도 한다. 그렇지만 치안을 책임진 경찰의 권한을 약화시키는 것은 제 발등 찍기나 될 일이다. 경찰권을 조롱하고 약화시켜 그들의 사기를 떨어트린다면 기가 살아나 설칠 것은 범죄를 꿈꾸고 계획하는 자들이고 피해는 고스란히 선량한 국민의 몫으로 돌아오게 된다.

경찰도 전문가 그룹이다. 전문가의 전문성을 살려 사건발생 후의 검거보다 사전예방의 성과를 거둘 수 있도록 하는 것이 국민 안전의 최선의 방책이다. 수사를 하는 형사들이 물갈이 인사이동으로 수사정보나 활동의 맥이 끊어진다는 아쉬움을 토로하는 것을 가끔 듣는다. 까닭은 지역과의 유착에 의한 비리 우려 때문이다. 오죽했으면 하는 고충도 이해는 하지만 본질은 국민의 안전이라는 것을 잊은 조직보호의 졸책이라는 생각이 든다. 천만 관객을 넘긴 〈베테랑〉이라는 영화에서 형사 역을 맡은 황정민이 '우리가 돈이 없지 가오가 없나' 하는 대사가 가슴을 치더라는 기사를 읽었다.

경찰의 비리를 의심하고, 물갈이 인사로 관할을 바꾼다고 뿌리 뽑히지 않는다는 것은 이미 많은 관련 사건으로 증명되는 사실이다. 그들을 존중하고, 실적에는 공정하게 상벌을 시행하며 자존심을 지켜주는 것이 근본적인 대책일 것이다. 그것은 비단 경찰뿐만 아니라 모든 조직의 구성원들에게도 해당되는 일이다. 어쨌거나 공권력에 우리의 자유권 일부를 내주는 것은 더 큰 자유를 위한 최소한의 희생임을 먼저 자각해야 할 것이다.

국민이 주인이면 타협, 정치가 주인이면 야합

정치, 참 말도 많고 탈도 많다. 어이없는 개인적 일탈이야 눈살 찌푸려지기는 하지만 국정과는 크게 상관없으니 바꾸면 그만이다. 그런데 막말과 욕설, 속이 빤히 들여다보이는 당리당략적 억지에는 이제 국민 모두가 넌더리를 낼 지경이다. 게다가 여러 이익단체의 집단행동에 가세한 장외투쟁은 볼썽사납기도 하지만 능력의 한계인가 싶어 희망의 기대마저 접게 한다.

정치는 아름다워야 국민의 희망이 된다. 말로써 토론하고 설득하며, 가끔씩 막히면 유머로 풀어나가는 재치도 있어야 국민이라는 관객이 성원을 보내고 박수를 칠 수 있다. 국회의원의 권한을 이용하여 누구를 호통치고 비아냥거림으로 모욕하면 국민이 더 불쾌하다. 따질 건 따져야 하지만 입장을 듣고 배려하며 우선순위를 따져 설득해야 국민이 수긍한다. 국민의 아픔에 함께 눈물지으며 대안을 제시해 위로해야 정치를 신뢰한다.

양보와 타협이 정치의 본령이다. 최선이 불가능하면 우선은 차선이라도 찾아 다급한 발등의 불은 끄고 다시 최선을 위한 타협에 나서는 지혜도 필요하다.

이념과 지향하는 수단이 달라 대립할 수도 있다. 아니, 그렇게 다른 부분이 있기에 당으로 나뉘어 국민의 선택을 바라는 것이다. 그렇지만 다른 점이 있다고 반드시 사생결단의 투쟁을 해야 하는 것은 아니다. 적이 아니라 국민과 나라를 위하는 동료라는 의식이 기본이기 때문이다. 그럼에도 우리 정치는 막장의 대결로 치닫기 일쑤다. 국민과 국가를 염두에 두기나 한 것인지 수상쩍은 부분이다.

정치는 깔끔해야 국민의 마음을 얻는다. 국민의 선택이 분명한데 갖은 억지를 끌어대며 결과를 부인하는 구질구질한 행태는 국민을 무시하고 오염시키는 작태다. 국민의 선택을 받지 못했으면 반성하며 방향을 수정해 다음 선택을 기다려야 기회가 찾아온다. 다수결의 횡포도 문제지만 다수를 부인하는 원칙의 부인은 정치의 근본을 흔드는 폭력이다.

정치는 말의 전쟁이다. 말의 품격과 수준이 그 나라와 정치의 수준을 나타낸다. 공당의 공적 발표가 살벌하면 정치도 살벌한 것이고 국민이 불안해진다. 말의 격이 낮으면 정치가 싸구려라는 자백이며 국민이 환멸을 느낀다. 야당의 막말과 도발에는 품격의 언어로 대처하는 여당의 모습을 보여야 한다. 품격과 유머, 재치로 상대를 압도하는 고급정치로 변해야 한다,

무엇보다 정당은 같은 이상과 이념을 가진 사람들이 같은 정책을 실현하려는 목적의 결사체라는 정의定義에 충실해야 한다. 자신들의 이념과 정책이 실현할 이상을 조곤조곤 국민에게 설명해 지지를 끌어내는 것이 정당이 지향할 바다. 국민의 뜻이라는 명분만 추종하는 것은 중우정치衆愚政治가 되어 나라의 미래를 어둡게 할 수 있다.

정치는 약속을 중시해야 믿음을 얻을 수 있고 혼란을 피할 수 있다. 선거 때만 되면 룰을 다시 정하려 드는 것은 국민이 주인이 아니라 정치가 주인이 되려는 모습이다. 국민이 주인이 되면 타협이지만 정치가 주인이 되면 야합이다. 미국의 제도가 선진이면 영국과 독일의 제도도 선진이다. 나라마다의 다름은 그 나라 전통과 국민의식, 문화의 반영이다. 우리만의 선진제도로 정치가 안정되고 국민의 신뢰와 사랑을 받기를 기원한다.